Karl von Reinhardstöttner

Luiz de Camoens, der Sänger der Lusiaden

biographische skizze

Karl von Reinhardstöttner

Luiz de Camoens, der Sänger der Lusiaden
biographische skizze

ISBN/EAN: 9783743645417

Hergestellt in Europa, USA, Kanada, Australien, Japan

Cover: Foto ©Raphael Reischuk / pixelio.de

Weitere Bücher finden Sie auf **www.hansebooks.com**

LUIZ DE CAMOENS,

DER

SÄNGER DER LUSIADEN.

BIOGRAPHISCHE SKIZZE

VON

DR. CARL VON REINHARDSTOETTNER,
DOCENTEN AN DER K. POLYT. HOCHSCHULE ZU MÜNCHEN.

LEIPZIG,
CARL HILDEBRANDT & Co.
1877.

So vielen bedeutenden Geistern, welche unter der undankbaren Mitwelt die gebührende Würdigung nicht gefunden haben, hat die reiche Anerkennung der Nachwelt die Schuld wenn auch spät abgetragen. Nicht so ergieng es dem Sänger der Lusiaden. Sein tragisches Leben ist, wie sein herrliches Werk unbekannt geblieben, sein Name hat die Grenzen seines Vaterlandes nicht überschritten. In kurzer Zeit sind drei Jahrhunderte seit seinem Tode verflossen.

Diese kleine Skizze, die ihre Bearbeitung den Forschungen portugiesischer Gelehrter verdankt, soll vor der Säkularfeier des grossen Dichters gedenken und vielleicht Anregung geben, dass weitere Kreise das Gedächtniss desselben begehen. Die populäre Skizze soll nicht eine kritische Biographie des Sängers sein, sondern nur eine bescheidene Erinnerung an den Dichter, der vor dreihundert Jahren dem Kampfe mit Noth und Elend erlag. Der schönste Lohn wäre es ihr, wenn sie Veranlassung würde, dass eine kritische Geschichte des Camoens als Gabe zur Erinnerungsfeier des Todestages aus der Feder eines deutschen Forschers unser litterarhistorisches Material bereicherte.

München, November 1876.

Dr. Carl von Reinhardstoettner.

> Drauf ging er durftig und betagt hinweg:
> Und fäh' die Welt den Muth, der ihn beseelte,
> Als bettelnd er fein Leben friftete,
> Sie lobt ihn fehr, fie würde mehr ihn loben.
>
> Dante, Paradies VI, 139 überf. von Blanc.

Verfchiedene Staaten haben zu verfchiedenen Zeiten in der Weltgefchichte kürzer oder länger eine hervorragende Rolle gefpielt, und auch Portugal war nicht ohne Glanz und Blüthe geblieben, wenn auch die Jahre feines Ruhmes nicht übermäfsig viele waren. Die geographifche Lage des Landes war nicht dazu angethan, es für lange in Macht und Anfehen felbftftändig zu erhalten; fie wies das Volk auf das Meer hin. Im Rücken lag Spanien, das düftere Land der Inquifition, von Portugal durch mehrfache Gebirgszüge gefchieden in geringem Verkehre mit feinem Grenzlande, das Camoens die Spitze des Hauptes von ganz Europa[1]) nennt. Grofs aber mufste die Nation werden, wenn fie die engen Grenzen ihres Gebietes überfchritt und die Küften verliefs, wenn fie dem Zuge folgte, den die Natur ihr vorgezeichnet hatte — und diefen Beruf hatte Portugal im funfzehnten Jahrhunderte erfafst. Seine Aufgabe richtig verfolgend kam es, wenn auch nur vorübergehend, zu jener Höhe und Machtftellung, welche ihm einen Rang in der Gefchichte und einen Antheil an jenen gewaltigen Ereigniffen verlieh, die den Umfchwung ganz Europas und mit ihm die Aera der neuen Zeit hervorriefen. Unter den grofsen welthiftorifchen Begebenheiten, mit welchen verfchiedene Schriftfteller die Neuzeit beginnen, neben der erhabenen deutfchen That der Reformation, der Entdeckung Amerikas durch Columbus, neben den gewaltigen Erfindungen, die wie die Buchdruckerkunst das durch die Renaiffance neu belebte geiftige Leben, wie die geänderte Kriegführung das politifche völlig umgeftalteten, nimmt die Auffindung des Seeweges nach Oftindien durch die Portugiefen eine bedeutfame Stellung ein. Portugal[2]) war im Zeitalter der Reformation auf den höchften Gipfel feiner Macht gelangt, da es zahlreiche Seeftädte an der Nordweftküfte Afrikas, die hervorragendften Infeln und Häfen Afiens und das grofse Reich Brafilien in Amerika zu feiner Herrfchaft gewann.

Das Auftreten der unecht burgundifchen Linie, welche 1383 auf die echt burgundifche folgte, und deren erfter Fürft Johann I. (1383—1433) war, bezeichnet den Beginn von Portugals gröfster Zeit. Vor allem Heinrich, genannt der Seefahrer (geft. 1460), des Königs jüngfter Sohn, ift der Name, an welchen fich die erften überfeeifchen Heldenthaten des portugiefifchen Volkes knüpfen, er ift es, der einerfeits die Aufgabe verftand, die feinem Lande zugefallen war, aus den engen vaterländifchen Grenzen fich hinauszuwagen in das offene Weltmeer, den andrerfeits Thatendrang und Wiffensdurft forttrieb, neue Strecken feinem Vaterlande zu gewinnen, das Chriftenthum in unbekannte Regionen zu verpflanzen und dem Handel eine neue, weitausgedehnte Richtung zu geben. Was er felbft in feinem Geifte befchloffen hatte, theilte er feinem Volke in einer Weife mit, dafs ganz Portugal wie Ein Mann hinter ihm ftand und die grofsen, ehrgeizigen Pläne des jungen Prinzen zu einer nationalen Sache machte, für welche alle eintraten. So fiel das fefte Ceuta an der Meerenge von Gibraltar, die Blüthe der portugiefifchen Ritterfchaft unter Pereira's Führung entrifs es (1415) den Mauren, bald folgte (1459) die Eroberung der Nordküfte Afrikas (Tanger), aus welchem das Königreich Algarve jenfeit des Meeres entftand; Zarco hatte 1419 Madeira, Don Gonzalez Velho Cabral die beiden Azoren entdeckt, denen bald die dritte folgte; Abenteurer gelangten nach Fayal und als auf diefe Weife die Infeln auf der Weftküfte Afrikas und die Küfte von Guinea erfchloffen war, erreichte 1486 endlich Bartholomäus Diaz das Cap, das urfprünglich „cabo tormentozo" geheifsen, von König Johann II. (1481—1495) den Namen des Vorgebirges der guten Hoffnung (cabo da boa esperanza) erhielt. Was das Beftreben fo vieler Seefahrer bisher gewefen war, ein direkter Seeweg nach Indien, war fomit dem Handel und der Cultur eröffnet; Portugal hatte Unendliches damit erreicht. „Durch diefe Entdeckungen und die Eroberungen, zu denen fie führten, gewann das kleine Portugal, ohne fich in die Welthändel zu mifchen, den Welthandel und damit einen bedeutenden Einflufs auf die inneren Zuftände und die äufseren Verhältnifse der europäifchen Staaten.[3]" —

Dem Könige Johann II. fchien die Entdeckung des Diaz zu genügen. Er that nichts für weitere Forfchungen. Da verbreitete fich die Nachricht, Columbus habe im Weften des atlantifchen Oceans Indien aufgefunden, eine Anficht, welche ja damals allgemein gehegt wurde. In König Manoel dem Grofsen (1495—1521) erwachte auf diefe Berichte hin der alte Unternehmungsgeift der Portugiefen zur See, und er beauftragte den Vasco da Gama, den öftlichen Seeweg nach Oftindien aufzufuchen.

Vasco da Gama zog am 8. Juli 1497 aus, umfchiffte

das Vorgebirge der guten Hoffnung; der Südweſtmonſum begünſtigte ſeine Fahrt, und er gelangte im Mai 1498 nach Calcutta, dem Hauptpunkte des damaligen Gewürzmarktes von ganz Indien; 1502 führte er eine zweite Reiſe aus; 1524 endlich erhielt er nach Errichtung zahlreicher Stationen das Vicekönigthum.

Vor Gamas zweiter Reiſe war 1500 Cabral bereits nach Oſtindien geſegelt; er gelangte in die ſüdweſtliche, braſilianiſche Meeresſtrömung und entdeckte auf dieſe Weiſe das mächtige Reich Braſilien. Den Raum zu einer ausgedehnten Herrſchaft hatte Portugal auf dieſe Weiſe gewonnen, doch nicht kampflos fiel ſie ihm zu. Kämpfe mit den Arabern füllen dieſe Zeiten aus und die portugieſiſchen Heldengeſchlechter, deren Thaten vielfach die Epiſoden der Luſiaden ausmachen, fanden hier Gelegenheit genug, ihre Vaterlandsliebe auf fernem Boden mit dem Tode zu beſiegeln. Und nicht einmal die Tapferkeit allein erhielt die portugieſiſche Macht in jenen Ländern, es war eine kluge Ausbeutung der Fürſten jener Orte, das Syſtem der Oberbefehlshaber der indiſchen Flotten, der Vicekönige Franz von Almeida (1504—1509) und des als Kämpfer und Staatsmann gleich trefflichen Alfonſo de Albuquerque (1509—1515) zumeiſt, welche durch geſchickte Anlage befeſtigter Plätze und günſtiger Handelsfaktoreien, deren Mittelpunkt Goa bildete, es dahin brachten, daſs der Handel Südaſiens von Ormus bis Malakka den Portugieſen erhalten blieb.

So verlief Portugals groſse Periode, bald aber ſank es, bis zum Verluſte der Selbſtſtändigkeit, als Philipp II. von Spanien nach Sebaſtians Tod das Land für ſich in Anſpruch nahm. (1580.) Umſonſt hatten die portugieſiſchen Helden im fernen Indien geblutet; denn die Vereinigung Portugals mit Spanien, wenn fie auch nur vorübergehend war, hatte zunächſt die Folge, daſs die Holländer die meiſten Erwerbungen der Portugiefen in Indien an fich rifsen und fie aus Japan, deſſen Chriſtianiſierung feit der 1577 gegründeten Niederlaſſung in Macao die Portugiefen begonnen hatten, völlig und für immer verdrängten.

Diefe grofse Zeit Portugals, vor allem die Fahrt des Vasco da Gama, iſt der Inhalt des Epos des Camoens. Er iſt der Sänger, der begeiſterte Prophet der ſchönſten Blüthe feines Vaterlandes geworden; er lebte felbſt noch in jenen Tagen, wo der Portugiefe fich feiner Nation mit Recht rühmen konnte; er ſtarb mit feinem Vaterlande, deſſen Ruhm er gefungen, deſſen herrliche Thaten er in fo weihevollen, tiefgefühlten Tönen der Nachwelt als ein glänzendes Denkmal hinterlaſſen hatte; das Jahr, in welchem Portugals Selbſtſtändigkeit endete, war auch das letzte des grofsen Dichters. Der Sänger der ruhmvollen Zeit follte jene Tage nicht überleben, die fein grofses Werk zu vernichten drohten; es war ihm befchieden, mit dem Lande zu fallen, deſſen Gröfse ihm fo fehr am Herzen lag; denn wenn je ein Volk fich eines patriotifchen Dichters rühmen darf, fo kann das portugiefifche mit gerechtem Stolze feinen Camoens nennen.

Die Bedeutung des Dichters iſt eine grofse für fein Land fowohl als auch für die Poefie überhaupt. Er verdiente, mehr bekannt zu fein, als er es thatfächlich wurde. Allein feine Sprache und fein Vorwurf haben dazu beigetragen, ihm nicht jene allgemeine Anerkennung zu verfchaffen, zu welcher z. B. Taſſo durch das Volk, deſſen Sprache er fchrieb, und die glückliche Wahl feines Gegenſtandes gelangen konnte. Camoens ſteht nicht tiefer, ja in einzelnen Dingen fogar über den italienifchen Epikern;

allein es erging ihm mit feinen Schöpfungen, wie der gefammten portugiefifchen Litteratur. Die Sprache ift weniger bekannt als jene der romanifchen Schweftern und die Litteratur geniefst theilweife fchon deshalb weniger Vertrauen. Mit vollftändigftem Rechte urtheilt Ferd. Wolf[4]) von ihr: „fie ift ftets nachahmend — mehr receptiv als productiv". Deffen ungeachtet aber kann fie kaum einfeitiger gelten als diejenige irgend eines anderen Volkes. Aber bei den hervorragendften epifchen Dichtern der Portugiefen liegt ein Hauptgrund ihrer geringen Popularität in der unglücklichen Wahl ihrer Stoffe, die immer und ewig nur ihre Thaten im Oriente fangen [5]). Dazu kam, dafs die portugiefifche Litteratur nur wenig volksthümlich wurde, lange nur den Kreifen der Gelehrten als gelehrte Poeterei angehörte und da nachklang, wo auch ihr erftes Lied erwuchs — an den Höfen der Fürften und Ritter. Die portugiefifche Litteratur hat kein Werk hervorgebracht, das wie die göttliche Komödie des Alighieri, wie der unfterbliche Witz des Ritters von der traurigen Geftalt für die Welt berechnet war; ihre bedeutendfte Leiftung, ihr Epos, bewegt fich in engen Grenzen, um die Thaten des lufitanifchen Volkes am Ganges und Indus, in Verfen, welche nicht zur Univerfalität der Menfchheit fprachen, fondern nur das portugiefifche Volk anriefen und felbft in ihm nur fchwach und auf kurze Zeit nachklangen. Diefer Umftand hat mehr noch als die geringe Verbreitung der Sprache in Europa zur Minderung einer richtigen Würdigung der Litteratur beigetragen, obwohl die Portugiefen felbft, ja fogar ihre Dichter fich diefes Nachtheiles ihrer Sprache bewufst find und fich darüber beklagen.[6])

Einer der wenigen Dichter Portugals nun, vielleicht der einzige, deffen Name die engen Grenzen feines Vater-

landes überschritt und sich dauernde Anerkennung errang,
obwohl seine Dichtung selbst Wenigen bekannt ist, dieser
Heros der portugiesischen Muse ist Luiz de Camoens.
Sein Leben ist mit seinen Dichtungen verwachsen. Die
Geschichte seines Wirkens ist zugleich ein Spiegel der
Thaten seines Volkes und sein Leben der beste Commentar zu seinen Dichtungen. Seine Bedeutung für die Nation
ist eine vielfache. Er ist nach so vielen Poeten, die ihm
voranschreitend verschiedene Zweige pflegten, der erste,
welchen nationales Bewufstsein zu jener Höhe trug,
die er erreichte. Er fühlte sich nicht blofs als Portugiese,
sondern als Sänger seiner Nation, die damals mehr als je
sich ihrer Gröfse bewufst war und das alte Ideal einer
„Weltmonarchie" für sich in Anspruch nehmen zu dürfen
mit vollem Rechte glaubte. Er greift zurück auf die
ältesten Traditionen; in seinem Epos bringt er nicht nur
die alte Geschichte Portugals in poetischem Gewande, er
holt auch aus in die entfernten Tage der Mythe, er führt
uns die „Zwölf von England" vor und den reichen Schatz
der Ritterromanzen. Was hat er endlich für die Sprache
seines Landes gethan? Theophil Braga [7]) sagt mit Recht
über diesen Punkt: „Man kann sagen, dafs sein Buch der
Spaltung der portugiesischen Sprache in verschiedene Dialekte entgegenstand; die Sprache des Festlands bewahrte
die vollste Einheit; selbst unter der spanischen Herrschaft,
während die reichen und gebildeten Classen die castilische
Sprache redeten, gebrauchte das niedere Volk für gewöhnlich die portugiesische, welche durch jenes Ereignifs damals als verächtlich galt."

Camoens sah den Rückgang seiner Nation. Im
Augenblicke, wo er ihre kriegerischen Grofsthaten singt,
klagt er bitter über die Vernachlässigung der Wissenschaften

(Luf. V, 93; 96—98), die „der nicht achtet, der fie nicht verfteht". Demnach erwartet er für fein Land noch die Weltftellung als fünftes Reich, eine Idee, die an verfchiedenen Stellen feiner Dichtung (Luf. I, 24; II, 44, 46; VII, 14) hervortritt und feit den Prophezeiungen Bandarra's, alfo feit 1542 allgemein geglaubt wurde.

Nach diefen Gefichtspunkten haben wir im grofsen Ganzen das Leben des Dichters und feine litterarifchen Beftrebungen zu würdigen. —

Luiz de Camoens ift 1524 geboren. Diefes Datum ergiebt fich aus der Lifte derjenigen Perfonen, welche von 1550—1643 von Liffabon fich nach Indien begaben, um dort Dienfte zu nehmen. In diefer Lifte ift Camoens genannt als 25 Jahre alt. Eine befonders durch Manoel Correia Montenegro und Faria Severim gehaltene Ueberlieferung verlegt feine Geburt fälfchlich in das Jahr 1517. Auch der Geburtsort des grofsen Dichters ift ftreitig, da Liffabon, Coimbra, Alemquer und Santarem für fich die Ehre feine Vaterftadt zu fein in Anfpruch nehmen. Jede diefer Städte fuchte natürlich Gründe und Beweife für fich und fand fie auch theils in Ueberlieferungen, theils in des Dichters Werken felbft. Liffabon hat die berechtigften Anfprüche, fich des Sängers Wiege zu nennen. Manoel Correia Montenegro berichtet ausdrücklich, dafs Camoens in Liffabon geboren und erzogen wurde, und diefer Mann nennt fich felbft an verfchiedenen Stellen des Dichters Freund. Für diefelbe Annahme fprechen auch andere gewichtige Zeugniffe theils von Zeitgenoffen, theils von unmittelbar diefer Periode nachfolgenden Schriftftellern und Erklärern feiner Werke.

Die Abftammung des Camoens ift natürlich gleichfalls Gegenftand der Forfchung geworden. Seine Ahnen hängen mit der Geschichte der provenzalischen Dichtung zusammen und noch im Cancioneiro der vatikanischen Bibliothek finden sich fünf Canzonen des galicischen Troubadours Johann Nunes Camoens. Der dritte Ahne unseres Dichters war Vasco Pires de Camoens, ein in der Geschichte der Poesie bekannter Name, der von Galizien nach Portugal ausgewandert war, um mit Fernando gegen Heinrich II. von Castilien zu ziehen. Er wird vielfach als eines der Häupter jenes Dichterkreises genannt, der die poetische Wiedergeburt Galiziens veranlaßte. Von seinen drei Söhnen ist der zweitgeborne Johann Vaz de Camoens, der in Afrika gekämpft hatte und seine letzten Tage in Coimbra verlebte, des Dichters Urgrofsvater. Sein Grofsvater Anton Vaz de Camoens war mit einer Verwandten des Vasco da Gama verheiratet und 1505 Capitän in der Flotte; sein Vater endlich Simon Vaz de Camoens hatte ein abenteuerliches Leben hinter sich. Er scheint in den letzten Jahren des 15. Jahrhunderts geboren zu sein und sich Anfangs 1523 mit Anna de Sá e Macedo verheiratet zu haben.

1527 war in Lissabon die Pest ausgebrochen; der König Johann III. floh nach Coimbra und was ist wahrscheinlicher, als dafs auch der Vater unfres Dichters sich dahin flüchtete, um so mehr als auch sein Grofsvater hier gelebt hatte. Hier also verlebte der Dichter die ersten Jahre seiner Kindheit „heiter und zufrieden für sich und freute sich des Lebens", wie er in der 4. Canzone erzählt. Hier war es auch, wie er in demselben Gedichte sagt, wo er die erste Liebe fühlte, deren Bild ihm „stets in der Seele gemalt bleiben wird". Vielleicht war Jorge de Montemayor, der spanische Dichter, der etwa drei Jahre mehr als Camoens zählte und gleichfalls seine Jugend wie er felbft fingt, an den Ufern des Mondégo hinbrachte, in diefer Zeit fein Gefährte. Später (1552) erneuerte er dann feine Beziehungen zu dem fpanifchen Dichter.

Um 1537, alfo zehn Jahre nach feiner Ankunft in Coimbra, begann Luiz feine Studien. Wer die Werke des Dichters auch nur oberflächlich gelefen hat, wird ihm eine tiefe claffifche Bildung nicht abfprechen können, ja fie tritt fogar ftellenweife hemmend dem Auffchwunge feiner Poefie entgegen. Die Schulen des Klofters von Santa Cruz in Coimbra waren zu jener Zeit der Mittelpunkt der claffifchen Studien, und an ihnen nahm Camoens mit den Adeligen Antheil. Die beiden Silveira, Gonzalo und Alvaro, Söhne des aus dem Cancioneiro bekannten Dichters Luiz waren dort fein Umgang und den erfteren hat Camoens auch in feinen Lufiaden (X, 93) und im 37. Sonette verewigt, nachdem er 1560 in Indien war ermordet worden.

Die erften Verfe, welche Camoens fchrieb, waren an feinen Oheim Bento de Camoens gerichtet; es ift eine Elegie auf das Leiden Chrifti im Gefchmacke jener Zeit voll von mythologifchen Beigaben. Die Dichtung, welcher ein Widmungsfonett vorausgeht, ift überreich an Namen und Vorgängen der römifch-griechifchen Götterlehre, ein Beweis, wie tief der junge Dichter in jenen hyperklaffifchen Studien erzogen wurde, welche damals alle anderen überragten und denen gerade fein Oheim Bento, der Prior von Santa Cruz in Coimbra, vornehmlich ergeben war. Die Poefie beweift den Sieg der italienifchen Schule. Don Manuel von Portugal, des Camoens Freund, war für jene litterarifche Bewegung eingetreten und gewifs gehört in diefe erfte dichterifche Periode des jungen Dichters die Ueberfetzung der Triumphe des Petrarca, aus deren Anmerkungen wir auch einen Schluſs ziehen können auf die Kenntniſſe der alten Geſchichte, welche Camoens ſich erworben hatte, und vor Allem auf ſein genaues und eingehendes Studium der provenzaliſchen Dichter. Unbeſtritten iſt der groſse Einfluſs, welchen die Italiener und ihre Schule auf Camoens übten.

Während ſeiner Studien an der Univerſität, vielleicht zu irgend einer feſtlichen Gelegenheit, ſchrieb Camoens ein Stück, eine Nachahmung des Plautus „Die Amphytrionen", das 1587 mit den Autos von Preſte aufgefunden wurde. Es iſt in der Art des Gil Vicente (geſt. 1536) geſchrieben. Eine alte Sitte verband mit den akademiſchen Feſtlichkeiten in Coimbra die Aufführung irgend eines Autos, allerdings oft nur einer Tragödie des Seneca oder irgend einer andern lateiniſchen Scene. Es iſt ein entſchiedenes Verdienſt des jungen Dichters zu ſeiner Mutterſprache und einem volksthümlichen Metrum gegriffen zu haben, ſelbſt als es die Verherrlichung eines gelehrten Feſtes galt.

Aus einem Gedichte des Andre Falcam de Reſende, eines Freundes unſeres Dichters, der ihn „bacharel latino" nennt, iſt wohl zu entnehmen, daſs ſich Camoens an der Hochſchule dieſe Würde verdiente.

Etwa 1542 verlieſs er Coimbra. Weniger vielleicht ſeine Herkunft als ſeine gründliche Bildung verſchaffte ihm den Zutritt zum Hofe; er zählte damals achtzehn Jahre. Schon früher wohl hatte er ſeine Ferien in Liſſabon zugebracht; er wuſste ſich in den höchſten Kreiſen mit vielem Geſchicke zu benehmen und ſeine klöſterliche Erziehung gefiel an jenem Hofe, wo man eben mit einer gewiſſen Manie die klaſſiſche Bildung pflegte; man ſprach, man ſchrieb lateiniſch, ja ſelbſt die Damen des Hofes

wetteiferten unter einander in der Kenntnifs der alten
Sprache und dem Studium der Ritterbücher. Ritterromane
waren an der Tagesordnung, feit die Infantin Donna Maria
eine befondere Vorliebe für diefelben an den Tag gelegt
hatte. Man dichtete allgemein am Hofe; die Damen gaben
das Motto, |welches ihre Umgebung gloffierte. Hierher
gehört manche Dichtung des Camoens, die er in Cintra
und am Hofe auf fpeciellen Wunfch der Frauen fchrieb.
Diefes leichte Liebesfpiel, das man am portugiefifchen
Hofe nach dem Vorbilde des franzöfifchen trieb, war an
Camoens ohne tieferen Eindruck vorübergegangen, bis
er eines Tages die Bekanntfchaft einer fchönen Dame aus
dem Gefolge der Königin Katharina gemacht hatte.
Das erfte Geftändnifs feiner Liebe (Son. 78) ift faft eine
Nachahmung von Petrarcas drittem Sonette; dagegen erreicht in der fiebenten Canzone feine Poefie eine Höhe
der Gefühle und eine Gluth der Leidenfchaft, welche diefe
Dichtung zu einer feiner fchönften lyrifchen macht. In
der Kirche das Chagas zu Liffabon hatte er fie wieder-
gefehen (Son. 123). Lange barg er nach dem Vorbilde
der bukolifchen Dichter ihren Namen Catharina in dem
Anagramm Natercia (Son. 70); ihr voller Name war
Dona Catharina de Athaide, fie felbft eine Tochter
des Antonio de Lima. Zur nämlichen Zeit lebten am
Hofe zwei Damen deffelben Namens; es ift nicht unwahr-
fcheinlich, dafs gerade diefe beiden, um den Verdacht
eines Verhältniffes mit dem Dichter von fich abzuwälzen,
alles aufwandten, das Geheimnifs feines Herzens zu ver-
rathen und überall bekannt zu machen; damit bildete fich
eine ftarke Partei gegen Camoens am Hofe und einer feiner
hauptfächlichften und niedrigften Gegner war der Dichter
Caminha. In mafslofer Weife griff er feinen Feind in

feinen Epigrammen an; er fpricht ihm (Epig. 143) Poefie und Wiffen ab, kurz er verfolgt ihn in elendefter Weife.

Die hohe Berühmtheit, welche Camoens als Dichter bereits genofs, erregte natürlich den Neid der kleinlichen Geifter. Faria e Soufa erzählt, dafs man mit Bewunderung auf den Dichter deutete, fo oft er die Strafsen Liffabons durchfchritt. Und doch hatte Camoens bisher nichts anderes gethan, als den Damen, die ihn darum baten, Verfe gedichtet und feinem Freunde Manoel de Portugal zahlreiche Widmungen an feine Geliebte Franciska von Arragon gefchrieben, Verfe, welche fich in den Handfchriften des 16. Jahrhunderts zum grofsen Theile als Dichtungen Manoels finden.

Im Jahre 1545 fchrieb er das Spiel „König Seleucus" (El-Rei Seleuco), welches in einem Privathaufe zu Weihnachten aufgeführt werden follte. Das Stück ift eine Arbeit von drei Tagen, wie er in feinem Prologe hierzu fagt und behandelt die Liebe der Stratonike und des Antiochus, welche fchon aus Petrarca bekannt war. Es war auch eine dem Volke nicht unintereffante Gefchichte, da fie Aehnlichkeit bot mit der Handlung des Königs Manoel, welcher in dritter Ehe die Braut feines Sohnes heiratete.

Auch diefe Dichtung trug, wie Juromenha bemerkt, zum Sturze des Camoens am Hofe bei; dazu kam, dafs fein Onkel Bento fchon früher in Streitigkeiten mit dem königlichen Hofe lag, dafs der Vater Catharinens Antonio de Lima fich über die Kühnheit beklagte, mit welcher der Dichter, am Hofe die Liebe zu feiner Tochter zu befingen gewagt hatte, ja felbft des Caminha Vorwürfe gegen Camoens und feine Neuerungen auf dem Gebiete der Poefie waren nicht der fchwächfte Grund des Unglücks des Dichters. Man verbannte ihn vom Hofe, ohne ihm ein Exil zu beftimmen. 1546 fchied er denn von jenen Kreifen, welche er lieb gewonnen hatte, verbannt ohne Schuld, ein zweiter Ovid (Eleg. I). Er hatte zuerft vor, nach Coimbra zu gehen. In Santarem, wo eine Schwefter feiner Mutter an einen gewiffen Barreto verheiratet war, verhielt er fich einige Zeit; von hier wandte er fich nach dem Dorfe Pugneta am Zufammenfluffe des Tajo und Zezére. (Eclog. II.) Nicht ferne lag das Dominikanerklofter Pedogram, das er bisweilen befuchte.

Hatte er vor, feiner Zeit nach Coimbra zurückzukehren, fo vereitelte der in den erften Tagen des Januars 1547 erfolgte Tod feines Onkels Bento diefe Idee und der junge Dichter entfchlofs fich nun eine feinem Alter und feiner Jugendkraft entfprechendere Befchäftigung zu fuchen und Dienfte zu nehmen in Afrika in den Kämpfen gegen die Mauren. Eben (1547) wurde Mazagam belagert, ein Vorgang, dem ganz Portugal mit höchftem Intereffe folgte. Hier dachte Camoens im Kampfe mit den Feinden feines Vaterlandes der traurigen Erfahrungen feines Hoflebens, der glänzenden Abende, wo er die erften Kreife der Stadt einft mit feinen Dichtungen begeifterte, vergeffen und eine neue Lebensbahn betreten zu können. Das Schiff, mit welchem er fuhr, fcheint in Algarve am Buina geankert zu haben. Am Hofe hatte er den jungen Antonio de Noronha, feinen Freund, zurückgelaffen und an ihn ift die zweite Elegie gerichtet, aus der wir entnehmen, dafs er feinen Aufenthalt in Ceuta nahm, ein Schritt, den er in derfelben Dichtung fchon bitter bereut; denn das Schickfal hatte ihn dahin geworfen, wo er „von neuem neues Leid beweint", und auch die Seelenruhe, die er im Lärm des Krieges wieder zu gewinnen gehofft hatte, fand er nicht.

„Der Lieb' Erinnerung erwehr' ich mich
Im fortgefetzten Kampfe felber nicht"

fchreibt er in derfelben Elegie. Camoens hatte fich getäufcht. Die Zeit des Heldenmuthes der Portugiefen in Indien war vorüber und zwei Briefe des Dichters, welche Juromenha auffand, find voll der bitterften Klagen über den Verfall der portugiefifchen Tapferkeit, die fich nur mehr in dem alten Stolze äufserte, welcher auch der gefunkenen Zeit aus früheren Tagen verblieb.

Zwei Jahre hatte Camoens feinen Aufenthalt in Ceuta, ohne dafs es feinen zahlreichen Freunden gelungen wäre, die Aufhebung feiner Verbannung am Hofe zu erwirken. In Afrika nahm er an den Kämpfen feines Volkes Antheil und verlor bei einem Ueberfalle der Mauren das rechte Auge. Aus dem erften Briefe des Dichters aus Afrika wiffen wir, dafs feine Verbannung mit dem Jahre 1549 endete. In demfelben Jahre war der Vicekönig Johann von Caftor in Indien geftorben; Alfons von Noronha, der Onkel des Antonio, deffen wir oben Erwähnung thaten, erhielt das Commando über Indien. Es ift wohl als gewifs anzunehmen, dafs der Vicekönig den Mann für feine Expedition zu gewinnen fuchte, der Proben feiner geiftigen und kriegerifchen Fähigkeiten hinlänglich abgelegt hatte. Und auch Camoens hatte in Liffabon nichts zu erwarten. Zurückgekehrt traf er den alten Hafs und die alte Mifsgunft, ja der Verluft des rechten Auges, ein Zeichen von Heldenmuth und kriegerifchem Verdienfte, ward nun mit ciceronianifchem Witze gegen ihn ausgenützt; man verfpottete den Mann, der für feine Nation geblutet hatte, man fchmähte ihn um fein verlorenes Auge. Das 110. Epigramm des Caminha ift ohne Zweifel gegen Camoens gerichtet, und dafs auch die Damen des Hofes in jene unwürdigen Spötteleien einstimmten, lesen wir in des Dichters eigenen Werken, wie in jener Redondille an „eine Dame, die ihn Gesicht ohne Augen nannte". Indessen fand es der Dichter selbst oft angezeigt, den eigenen Witz gegen sich zu kehren, wie in jenem ersten Briefe aus Indien, wo er sagt: „Aber ein Manoel Serram, der, sicut et nos, des einen Auges entbehrte" — ein Ausspruch, der seither sprichwörtlich wurde. Indessen erwähnt er in anderen Stellen, wie in der elften Canzone, jenes Unglück in ernsten, ergreifenden Worten.

Umsonst also hatte Camoens, der Dichter und Held seines Volkes, auf das Ende seiner Verbannung geharrt, umsonst gehofft, die vaterländische Erde wieder zu begrüfsen, nachdem er in der Ferne für sie so rühmlich gestritten hatte! Dem zweijährigen unfreiwilligen Exile dachte er ein selbst gewähltes folgen zu lassen; Camoens zog es vor, im Kampfe mit den Mauren als in jenen traurigen Verhältnissen der Heimat zu leben und liefs sich für das Heer des neuen Vicekönigs anwerben.

Auf dem Schiffe St. Pedro dos Burgalezes sollte er im Frühjahre 1550 neuerdings sein Vaterland verlassen, um nach Indien zu segeln; allein das Schiff kam in sehr schlechtem Zustande an und muste erst ausgebessert werden. Vielleicht war dies ein Grund, warum Camoens die projectirte Fahrt nach Indien nicht antrat; aber sicher war es nicht der einzige oder gar der entscheidende; denn er verblieb bis 1553 noch in Lissabon und hatte gewifs zu diesem Wechsel seiner Gesinnung andere Gründe, als den zufällig schlechten Zustand seines Fahrzeuges. Die Hoffnung war es, die ihn hielt und ihm nochmal drei Jahre über den Neid der Höflinge, über den Spott der kleinlichen Geister hinüber half, die Hoffnung, welche er auf den Thronfolger, den Prinzen Johann fetzte. Seit 1550 hatte diefer Prinz, der Erbe Johann des Dritten (1521—1557), fich auf die Poefie geworfen und befonders die Quinhentiften bevorzugt. Sá de Miranda, das Haupt der italienifchen Schule, genofs vor allem die Gunft des Fürften; neben ihm jedoch eine grofse Anzahl anderer Dichter, die uns theils durch ihre Arbeiten, theils nur dem Namen nach bekannt find. Warum follte Camoens, dem die Nachwelt den Titel eines Fürften der Dichter gerne gab, nicht hoffen unter diefen Geiftern dritten und vierten Ranges fich die Gunft und die Unterftützung des Prinzen zu erwerben? Allein es fügte fich anders. Es gelang den Verläumdern, ihn felbft von der Nähe jenes Fürften zu verdrängen, der vor allem angethan war, ihn zu würdigen und zu fchützen. Und was der Dichter felbft am bitterften beklagt, hinter feinem Rücken feige untergruben fie feinen Ruf, ohne dafs ihm jemals Gelegenheit zu einer Rechtfertigung gegeben wurde. Der elende Caminha fchwieg nicht mit feinen boshaften Epigrammen an den „grofsen Dichter", ein Epitheton, das wohl darauf hinweift, dafs Camoens damals fchon die Idee hatte, feine Lufiaden zu dichten; er hatte wohl auch den erften Gefang vollendet, ehe er nach Indien ging; dafür fprechen zahlreiche Andeutungen gleichzeitiger Dichter, wie z. B. wenn Lopes Leitam 1555 von Camoens als einem Dichter von „homerifcher und mantuanifcher Mufe" fpricht.

Im Manufcripte des Luiz Franco, das am 15. Januar 1557 begonnen wurde, findet fich der erfte Gefang der Lufiaden; in diefem Jahre befand fich Camoens in der Grotte von Macao; im folgenden Jahre (1558) kehrte er nach Goa zurück, fo dafs es fehr glaubwürdig ift, dafs er diefen erften Gefang, der damals den Titel „Elufiadas" trug und mannigfach im Texte von der jetzigen Geftalt abweicht, fchon in Portugal verfafste und fertig von da mit fich nahm. Als Luiz Franco nach Portugal zurückgekehrt war, fetzte er die Abfchrift nicht mehr fort, weil wie er unten bemerkte, das Gedicht bereits veröffentlicht fei. Wäre alfo die Abfchrift zur Zeit gefchehen, als Camoens nach Goa ging, fo wäre fie nicht im erften Gefange ftehen geblieben, deffen Druck erft vierzehn Jahre fpäter vollendet wurde.

Zunächft das Erfcheinen der „Decadas" des Johann de Barros um 1552 und 1553, alfo zu einer Zeit, wo Camoens noch in Liffabon war, befeftigte in ihm den Plan, ein nationales Epos zu fchaffen. Das Werk diefes Gefchichtfchreibers war auch dazu angethan, den Dichter für fein Vaterland zu begeiftern, und mit Recht weifen Kritiker des Epos feinen Einflufs auf die Dichtung an zahlreichen Stellen nach.

Camoens hoffte umfonft durch eine fo gewaltige nationale Schöpfung die Gunft des Fürften zu erlangen; er blieb vom Hofe verftofsen. In jener Zeit traf er mit dem berühmten fpanifchen Dichter Jorge de Montemayor, dem Günftlinge der Prinzeffin Johanna, zufammen, welche fich mit dem Prinzen Johann verheiratet hatte. Gewifs erfcheint, dafs Camoens damals mit ihm in nähere Berührung trat, wenn auch nur vorübergehend. Die Zeit von 1550—1553 ftürzte den Dichter in allerlei Abenteuer, die er manchmal wohl auch der Zerftreuung halber gefucht haben mag. Der ehemalige Franziskanermönch und nachmalige Comödiant Chiado war einer jener Abenteurer, die mit Camoens fich nächtlicher Weile herumtrieben, eine Unfitte, die wir nun allerdings nicht mit unfern Anfchauungen meffen dürfen, und der auch Pombal zwei Jahrhunderte fpäter noch huldigte. Auf diefen nächtlichen Streifzügen trug Camoens einen grofsen, breitkrempigen Hut, deffen er felbft in einem Epigramme erwähnt. Alle übrigen Leute feines Umganges wie Antonio de Cascaes, Miguel Dias, Luiz de Lemos u. A. gehörten zu jener Claffe nächtlicher Ruheftörer, zu jenen Raufbolden, in deren Gefellfchaft Camoens feine innere Unruhe übertäubte und an die Stelle jener aus zufriedenem Herzen kommenden Heiterkeit die zügellofe ungeftüme Muthwilligkeit eines mit fich zerfallenen Gemüthes fetzte. Braga urtheilt über diefe Seite feines Charakters: „Erzogen in der alten Tradition des Ritterthums und nothgezwungen feinen Muth in militärifchen Stellungen Afrikas und Indiens zu entfalten, zeigte fich Camoens bald als Händelfucher, Raufbold, ftreitfüchtig und unordentlich; er war eine jener unruhigen Naturen, für welchen der herrliche Genius, den er befafs, hauptfächlich dazu diente, Verzeihung zu erlangen. Hätte man ihn nicht vom Hofe verbannt, fo wäre er wegen feiner Gewaltthätigkeiten getödtet worden."

Ganz diefem Charakter gleichend fchildert er felbft in der zweiten Ekloge feine Liebe. „Die Liebe", fagt er, „wird keine Liebe fein, wenn fie nicht auftritt mit Tollheiten, Unzukömmlichkeiten, Zwiften, Frieden, Krieg, Luft und Leid, Gefahren, böfen Zungen, Gemurre, Eiferfucht, Zank, Mifstrauen, Furcht, Zorn, Tod und Verderben."

Im erften Briefe von Indien betont er mehr noch feine Charakterzüge. Indem er von feinen Verläumdern, die ihm den Aufenthalt in feinem Vaterlande unmöglich machten, fpricht, fagt er nicht ohne Stolz, dafs zu dem allen kam, dafs fie die Tapferkeit des Achilles an der Haut fanden, die ihm nur an den Fufsfohlen konnte abgefchnitten werden; da fie aber diefe an ihm nie fahen, fo griffen fie zur Verläumdung und verfuchten mit der Zunge das, wozu ihr Arm nicht hinreichte. In allen feinen Dichtungen eifert er überhaupt befonders gegen die Feigheit feiner Zeit, und wie er auf feinen Muth ftets pocht (Eleg. X), ift er fich auch feiner dichterifchen Hoheit wohl bewufst; er rühmt fich in den Lufiaden als den Mann, der „ftets in einer Hand das Schwert, in der andern die Feder trug". Wer aber wird ihm diefes übel ausrechnen? So gut Ovid und Horaz fich rühmen durften, ein Denkmal, das Erz überdauert, gefchaffen zu haben, ebenfo durfte jener Geift, dem die Mitwelt die Anerkennung jenes Werthes ftets verfagte, deffen er fich bewufst war, das „Anch' io sono pittore" des Correggio fich zurufen. Der grofse Geift wirft fich in folchen Augenblicken auf fich felbft, und das Erkennen eigenen Verdienftes, wo aller Dank der Welt fehlt, wo die Mittelmäfsigkeit triumphirt und den Genius bei Seite fchiebt, ift zwar kein voller Lohn bewufsten Strebens, aber immerhin die letzte Stütze, an der ein ehrgeiziger Mann fich hält.

Das 193. Sonett ift eine der beften Selbftzeichnungen, die je ein Dichter von fich gab. Er gefteht, dafs er den langen Lauf feiner Jahre geirrt und dem Schickfale Grund gegeben habe, ihn zu ftrafen. Und dem ift wohl fo. Die Maitage 1552 brachten ihm neues Ungemach, an dem fein Ungeftüm wieder die Schuld trug. Es war der Fronleichnahmstag und die feierliche Proceffion in Liffabon, die mit allem füdlichen Pompe und mit allegorifchen Feftzügen gehalten wurde. Während des Zuges fühlte fich ein gewiffer Gonzalo Borges, ein Stallbedienfteter des Königs Johann III., von zwei Masken beleidigt und es kam zum Streite. Unfeliger Weife ftiefs Camoens zu den

Streitenden, erkannte in den beiden Masken zwei feiner Freunde — wohl Miguel Dias und Luiz de Lemos — und ohne die Sache weiter zu unterfuchen, hieb er den Borges über den Nacken. Die Masken entkamen, Camoens aber wurde verhaftet, in Ketten gelegt und erhielt erſt nach faſt einem Jahre, als ihm Borges am 3. Februar 1553 brieflich verziehen hatte, unter der Bedingung, als Soldat nach Indien zu gehen, die Freiheit. Am 7. März kam er aus dem Gefängniſſe, am 24. verliefs er auf dem Schiffe S. Bento Liſſabon. Zu jenem Briefe hatte Borges ſich wohl nicht ſelbſt entſchloſſen, vielmehr ſcheint er hiezu auf Bitten hervorragender Perſönlichkeiten, vielleicht des Biſchofes Gonzalo Pinheiro, beſtimmt worden zu ſein, und auf ihn bezieht ſich wohl das 190. Sonett, aus dem hervorgeht, dafs ein hoher Kirchenfürſt ſich einſt des Dichters angenommen hat.

Camoens ſchied von Liſſabon ſchweren Herzens. Sein Vater ſchien in jenen Tagen nicht in der Stadt gewefen zu ſein. Er ſchildert in ſeinem erſten Briefe aus Indien ſeinen traurigen Abſchied und dafs ſeine letzten Worte, welche er auf dem Schiffe ſprach, jene des Scipio Africanus waren: „Ingrata patria, non possidebis ossa mea!" (Undankbares Vaterland, du wirſt meine Gebeine nicht beſitzen!) Gewifs enthält die herrliche Schilderung der Abfahrt der Flotte im fünften Gefange (Str. 3) der Luſiaden ſeine eigenen Gefühle, wo er ſo rührend es malt wie weiter und weiter das theure Vaterland zurücktrat, und der letzte Blick die lieben Stätten der Heimat traf. Noch mehr verräth er ſeine Erregung in dem 158. Sonette, in welchem er Abſchied von den Nymphen des Tajo nimmt, jetzt wo er „eine Trennung am wenigſten mehr erwartete".

Die Flottille hatte fünf Schiffe, als fie am Palmfonntage 1553 auslief. Der Capitän des S. Bento war Fernam Alvares Cabral. Eine genaue Darftellung der ganzen Fahrt verdanken wir dem Berichte, welchen Manoel de Mesquita Pereftrello lieferte. Wenige Tage nach der Abfahrt begannen die Stürme, welche zur Folge hatten, dafs die Schiffe fich verloren. Von allen fünf gelangte nur jenes, auf welchem fich Camoens befand, direkt ans Ziel. Nachdem Cabral das Vorgebirge der guten Hoffnung umfchifft hatte, landete er im Hafen von Goa nach einigen noch im September deffelben Jahres, nach Pereftrello im Februar 1554. — Die elfte Canzone, die faft als eine Selbftbiographie des Dichters gelten kann, giebt auch über diefe Fahrt hinlänglich Auskunft.

> „Ein Fremdling unftät irrend fchau' ich nun
> Verfchiedne Völker, Sprachen und Gebräuche
> Und andre Himmelsftriche, andre Arten,
> Nur um zu folgen Dir mit eifrigem Schritte,
> Du ungerechtes Schickfal" —

fagt er in der angeführten Canzone und in der dritten Elegie hegt er den Wunfch, dafs die Gewäffer, die er durchfegelte, die der Lethe wären, auf dafs er alles Erlittene vergeffen könnte. Den gewaltigen Eindruck, welchen das Cap der guten Hoffnung auf ihn machte, fchildert er aufser in der bekannten Darftellung in den Lufiaden (V, 37, 38) auch in der dritten Elegie.

Traurigen Sinnes langte Camoens in Indien an, traurig fand er die allgemeine Stimmung dort. Soeben hatte Manoel de Soufa Sepulveda Schiffbruch gelitten und war mit feiner reizenden Braut Leonor de Sá geftorben. Die Schilderungen waren höchft trübfelige, aller Orten die regfte Theilnahme, und Camoens verfäumte auch nicht in feinem Epos (V, 46, 47, 48) des Vorfalles Erwähnung zu thun. Aber auch die Zuftände in Indien im allgemeinen waren höchft betrübender Art. Camoens nennt (Eleg. 3) diefes fo heifs erfehnte Land „das Grab jedes armen Ehrlichen" und fpricht im 194. Sonette davon, wie in diefem „blinden Reich des Irrthumes" der „Edelfinn, die Kraft und das Wiffen an den Thoren der Habfucht und Niedrigkeit betteln gehen". Das war fein erfter Eindruck in Goa, und nicht beffer urtheilt Gaspar Correia über die fchändlichen Verhältniffe in Indien.

Trotzdem fand fich Camoens anfänglich hier gut zurecht. Er traf zahlreiche Bekannte, ja fogar Verwandte in indifchen Dienften und fah fich hier „geachteter als die Stiere von Merceana und ruhiger als die Zelle eines Predigermönches". Bald aber werden feine Berichte unzufrieden; er findet keine kühnen Raufbolde, wie auf den Strafsen von Liffabon, und keine fchönen Damen; fie find alle alt, fprechen ein elendes Portugiefifch und haben keinen Sinn für Liebesabenteuer. Trotzdem verliebte fich Camoens auch in Indien und zwar in eine Mulattin Namens Luiza Barbora. Ihrem fchwarzen Teint gelten einzelne der fchönften Verfe, in denen er fie wie ein Abbild der Schönheit zeichnet. Einige Biographen haben diefe Liebe nach Portugal verlegt, allein die ganze Sache fpielte fich in Goa ab.

Thatenlos lag nun Camoens über fechs Wochen bereits in der Stadt, als der Vicekönig Alfons von Noronha dem Könige von Cochim zu Hilfe zog; diefem Kriegszuge wohnte Camoens bei. Bald wieder nach Goa zurückgekehrt, finden wir ihn in freundfchaftlichften Beziehungen zu dem Neffen des Vicekönigs Anton von Noronha, die ihn wohl auch veranlafsten, der Expedition beizutreten, die 1554 der alte Vicekönig für feinen Sohn Fernando de Menezes ausrüftete. Die mühevollen Erlebniffe diefer Zeit fchildert der Dichter in der zehnten Canzone.

Als er von diefem Zuge nach Goa zurückgekehrt war, traf er den ihm befreundeten Vicekönig nicht mehr im Amte. Am 23. September 1554 war Pedro de Mascarenhas ihm gefolgt, ein alter Mann, der diefes Amt nur aus Loyalität gegen feinen König übernahm.

Schmerzliche Nachrichten aus der Heimat erwarteten den Dichter bei feiner Ankunft in Goa. Der Prinz Johann war geftorben und Antonio von Noronha war im Kampfe gegen die Mauren bei Ceuta gefallen. Beider gedenkt Camoens in feinen Dichtungen. Folgenreicher war indeffen für den Dichter der am 15. Juni 1555 erfolgte Tod des Mascarenhas, dem nun ein junger Mann Francisco Barreto folgte. Alle Biographen des Dichters ftimmen darin überein, dafs der neue Vicekönig einer der erbittertften Gegner und ein unverföhnlicher Feind des Camoens war. Dem fcheint aber nicht fo gewefen zu fein, vielmehr fcheint hier eine Verwechfelung des Pedro Barreto vorzuliegen, einem Neffen des Gouverneurs, was Juromenha mit unwiderlegbaren Gründen nachweift. F. Barreto war vielmehr allen Quellen nach ein vortrefflicher Mann und als feine Ernennung feftlich begangen wurde, ermangelte auch Camoens feines Tributes als Dichter nicht, um zur Verherrlichung des Tages beizutragen. Er fchrieb das Stück „Filodemus", deffen Titel fchon („der Volksfreund") Beziehungen auf den neuen Statthalter hatte. Bei der Aufführung deffelben trug der Dichter Johann Lopes Leitam jenes berühmte Sonett auf Camoens vor, in welchem er mit Plautus und Terenz verglichen und worin fchon auf eine virgilifche Dichtung angefpielt wird. Das Amt der Amtseinkleidung des neuen Statthalters hatte indeffen fchlimme Folgen für Camoens. Die Bankette und Trinkgelage nahmen kein Ende mehr, die Verdorbenheit aller Stände trat fchärfer als je hervor, und diefer Mifsftand veranlafste Camoens jene Satire „vom Turniere" zu dichten, ein allerdings fchreckliches Bild der tiefgreifenden Verderbtheit in Indien. Camoens fchickte felbft mit dem zweiten Briefe aus Indien diefe Satire in die Heimat, allerdings mit der Bitte, fie nicht zu veröffentlichen, oder wenigftens nicht mit feinem Namen; allein fie wurde bekannt und des Dichters Verbleiben in Goa dadurch eine Unmöglichkeit. Francisco Barreto fchickte ihn deshalb nach China mit dem Amte eines Oberftintendanten der Güter verftorbener und abwefender Landeskinder. Etwa im März 1556 mochte die Abreife vor fich gegangen fein höchft wahrfcheinlich auf dem von Francisco Martins befehligten Schiffe.

In Macao angelangt hatte Camoens keine unbedeutende Arbeit. Die Unterfchlagungen des Vermögens zunächft von portugiefifchen Kaufleuten, welche in der Ferne geftorben waren, waren etwas ganz gewöhnliches. Dagegen gab es auch keine Berufung oder doch nur äufserft mangelhafte Rechtshülfe. Francisco Barreto durchfchaute den Nachtheil, der dem fo blühenden Handel in China unter folchen Zuftänden drohte, und er wählte als den Mann, der diefe Verhältniffe ordnen follte, Camoens, in deffen Redlichkeit und Muth kein Zweifel zu fetzen war und der fich auch als „bacharel latino" die juriftifchen Kenntniffe erworben hatte. In diefer neuen Stellung erweiterte der Dichter den Kreis feiner Bekannten, er kam mit dem Dichter Antonio de Abreu, dem „Geiftvollen", zufammen, der gleichfalls in Indien verwendet war und fich fogar einen Freund des Camoens nennt. Ueberhaupt hatte der Dichter hier vielleicht die ruhigſte Zeit ſeines Lebens; ſein Umgang beſtand meiſt in hervorragenden Zeitgenoſſen, die ſteten Umtriebe der Statthalterei von Goa lagen ihm hier ferne, keine äuſsere Sorge drückte ihn; was Wunder, wenn er hier ſich ſo ganz nach Muſse auf die Dichtung verlegte, der ja doch, ſo alltäglich auch ſein Amt war, ſein Herz und ſeine Neigung gehörte. Hier dichtete er nun ferne der Welt einen groſsen Theil ſeines unſterblichen Epos in einer aus Felſen gebildeten Grotte nördlich von Macao im Dorfe Patane. Der franzöſiſche Miſſionär Pater Lamiot ſchrieb 1827 über dieſe Grotte eine Inſchrift in chineſiſcher Sprache, welche der Nachwelt den Aufenthalt des groſsen Dichters zeigen ſoll. —

Welch tiefes Leid mochte ſich ſeiner bemächtigen in jenen heiligen Stunden, wo er an ſeinem unſterblichen Werke ſchaffend hinausblickte in das endloſe Blau des Meeres. Er, der Mann, der zu den erſten ſeines Volkes zählte und dem ſein ſtolzes Bewuſstſein dies täglich vorrief, der Mann, dem Portugal ſeine ſchönſten Verſe, die Verewigung ſeiner Geſchichte dankt, der ſchwärmte für die Ufer ſeines heimatlichen Fluſſes, träumte von der Jugend ſchöner Zeit und den kurzen Tagen flüchtigen Ruhmes, der Mann, den ſeine Nation hätte ehren und anbeten ſollen — er ſaſs in der fernen Grotte, in freiwilliger Verbannung, einſam, allein, ohne Glanz, ohne Anerkennung, er erhob in nie verſinkenden Verſen die Gröſse ſeines Landes, das für jeden Ruhm und Ehre hatte, nur nicht für ihn, er ſang die Thaten jener Nation, die ihn von ſich ſtieſs, das Lob jenes Volkes, das ihn verbannte, er ſchuf jenes Denkmal, ohne welches Portugals litterariſche Geſchichte keinen Namen von weltumfaſſender Berühmtheit aufzuweisen hätte. Sein Geist vergafs der trüben Gegenwart, des Haffes der kleinlichen Seelen, die ihn verfolgten, des Sinkens und allmähligen Sturzes der portugiesischen Kraft und Stärke, während er dahinzog durch jene Zeit ruhmvoller Thaten, wo ein Nuno, ein Egas, ein Dom Fuas, ein Pacheco stritten für den Glanz und die Ehre Portugals. Hier schwebte ihm in der reizenden Gestalt der schönen Inez [8]) manch theueres Wesen wieder vor, hier gab er sein Bild wieder in dem wackeren ritterlichen Kämpfer, dem verliebten Leonardo [9]), der von der alten Glut der Liebe erzählt, hier ruft er seinem Könige wie mit mahnender Stimme zu, einen Blick auf seine Verse zu werfen und sie zu den seinigen zu machen. [10]) So trug zu so herrlichem Gelingen gerade seiner ersten Gesänge seine Stimmung unendliches bei, seine wahre Hingabe an sein ihm so fernes Land, die Sehnsucht, der Schmerz um so viel Entschwundenes.

> Wer speist auf flandrischem Gedecke,
> Schreibt keine Lusiaden . . .

sang später der unglückliche Garzam.

Auch in Macao, wo Camoens schuldlose Tage im Dienste der Muse hinbrachte, liefs ihn der Hafs seiner Gegner nicht ungestört. Hatte er früher manchen Streit durch Unvorsichtigkeit oder allzugrofse Heftigkeit selbst hervorgerufen, so war er hier in Begleitung seines treuen Dieners Antonio, eines javanesischen Sclaven, der ihm bis zum Tode zugethan und wohl als Dollmetscher gegeben war, sicher keinem Menschen mehr hinderlich. Trotzdem schwieg die Verläumdung gegen ihn nicht; die gemeinsten Intriguen wurden angestiftet, und hatte einst der Neid am Hofe Johann des Dritten versucht, ihn aus einer Gunst zu verdrängen, welche er einzig seinem Talente zu verdanken hatte, fo war es hier die niedrige Habfucht, welche ihm eine Stelle abzujagen fich rüftete, die ihm ein äufserlich einigermafsen erträgliches Leben ficherte. Es gelang feinen Gegnern, feine Abberufung von China und feine Amtsentfetzung zu bewerkftelligen. Zwei Jahre, nachdem er feine Stelle angetreten hatte, 1558 wurde er nach Goa zurückberufen, um fich über eine Reihe von Anklagen zu reinigen. Seine Reife war eine unglückliche; an der Küfte von Camboja in Conchinchina litt er Schiffbruch und nicht blos fein Leben war in höchfter Gefahr, fondern auch das Manufcript feiner Lufiaden, die bisher vollendeten erften fechs Gefänge. Nichts hatte er gerettet aus den ftürmifchen Wellen, nichts den Elementen, die wie die Menfchen gegen ihn verfchworen fchienen, entriffen als feine Dichtung, allerdings das Höchfte, was er retten konnte — feinen ewigen Ruhm, feine Unfterblichkeit, das hohe Lied des portugiefifchen Namens.

In feinen Dichtungen gedenkt er diefes Schiffbruches mehrmals; fo im fiebentem Gefange (80) der Lufiaden:

„Am Strande mit dem Leben noch entkommen,
Das an fo fchwachem Faden nur mehr hing,
Dafs Rettung ein nicht mindres Wunder war,
Als..."

eine Stelle, welche zugleich beweift, dafs er nur fechs Gefänge bei fich vollendet hatte, fo wie auch das oft abweichende Manufcript des Manoel de Faria e Soufa nur fo viel enthält. — Ebenfo gedenkt er diefes Ereigniffes, wenn er (Luf. X, 128) von feinen Gefängen fpricht, welche:

„... durchnäfst
Vom traurigen und jammervollen Schiffbruch
Den ftürmevollen Tiefen noch entkamen."

Der Schiffbruch gefchah an den Ufern des Mäkhaun oder Cambodjafluſſes, der ins chinefifche Meer mündet.

Nach vielen Mühfeligkeiten gelangte Camoens arm und aller Hülfe baar in Goa an. Hier erwartete ihn das Gefängnifs und eine Nachricht, die ihn auf's tieffte niederfchmetterte, dafs feine Geliebte D. Catharina de Athayde 1556, alfo zur Zeit, da er nach China abfegelte, in Liſſabon geſtorben war. Das ergreifende 19. Sonett, in dem er Gott bittet, auch ihn von der Welt zu nehmen, zeigt, wie tief erfchüttert fein Innerftes über diefen Tod war. Zugleich erfuhr er den Tod Johanns des Dritten und die lebenslängliche Verbannung feines Vaters. Der Liebe und des Königs gedachte er in feinen Sonetten, befonders Catharinens in dem genannten, das wir hier in I. Manefeld's Uebertragung beifetzen:

> O fchöne Seele, die fo bald gefchieden
> Wie unzufrieden aus dem Erdenleben,
> Dir fchenkt auf ewig jetzt der Himmel Frieden,
> Mir ift endlos die Trauer hier gegeben.
>
> Wenn ein Gedenken noch ift an hienieden,
> In jenen Chören, die jetzt Dich umfchweben,
> Denkft Du, wie ich in Glut Dir war ergeben,
> Die meine Blicke Dir als rein verriethen.
>
> Dünkt Dir ein Lohn dann meinem Schmerz verpfändet,
> Dem ewig nagenden und trüben Sinnen,
> Seit todt ich Dich, des Lebens Traum, erblickte —
>
> So bitte Gott, der Deine Zeit geendet,
> Dich zu erblicken, ruf' er mich von hinnen,
> Bald, wie er bald Dich meinem Blick entrückte.

Aber auch dem Könige, deſſen er fchon in den Lufiaden (I, 17, 2) fo erhaben gedenkt, fetzte er gleichfalls ein Denkmal durch fein Sonett:

„Wer ruht hier in des hohen Grabmahls Pracht,
— Das Wappenfchild fcheint hohes zu verkünden?"
„Niemand — denn Alles mufs ja hier verfchwinden —
Doch einer war es, grofs an Kraft und Macht."

„Ein König?" — „Ja, der königlich gedacht,
Dem Krieg und Friede gleiche Lorbeern winden —
O mög' er leicht die Grabeserde finden,
Wie er den Mohren fchwer war in der Schlacht."

„Ift's Alexander?" — „Gröfser ift der Mann:
Denn höher gilt Erhalten als Erftreiten" —
„Hadrian, dem die Weltherrfchaft befchieden?" —

„Er diente dem, defs Reich nicht ift hienieden."
„Ift's Numa?" — „Numa, nein: es ift Johann,
Portugals Dritter, doch hat's keinen Zweiten."

(I. Manefeld.)

Im Gefängniffe fuchte Camoens wieder feinen Troft und feine Stärke in der Poefie. Hatte er, wie es fcheint, zu der Zeit, wo feine ganze Seele mit der Schöpfung des gewaltigen Epos befchäftigt war, fich mit lyrifchen Dichtungen wenig oder nicht mehr befchäftigt, fo entftanden feit feinem Scheiden von China zahlreiche kleinere Gedichte, fo auch vier Sonette aus dem Kerker, in denen er feiner traurigen unwürdigen Lage Ausdruck verleiht. —

Am 3. September 1558 fchied der eiferne Francisco Barreto aus dem Amte; es folgte Conftantino von Braganza, deffen Bruder Theodofio ein Mitfchüler des Dichters in Sancta Cruz in Coimbra gewefen war. Camoens widmete ihm einzelne Oktaven und andere Dichtungen, in welchen er offen fich über die Verhältniffe verbreitete und erlangte auch feine Freiheit wieder. Den Rittern und Freunden, welche ihn zur wiedererlangten Freiheit beglückwünfchten, gab er jenes berühmte Feft, bei welchem an Stelle eines Gerichtes jeder Teller ein Gedicht enthielt. Wer erinnert fich hier nicht des Shakefpearifchen „Timon von Athen", nur dafs unfer Dichter ungleich edler war, als der Athener, als er jenes Banquet gab, in welchem er feine fogenannten Freunde mit warmem Waffer bewirthete. Camoens war arm; er hatte alles verloren und doch, die Freude der Welt wieder gegeben zu fein, veranlafste ihn die alten Bekannten wiederum verfammelt zu fehen, und ihnen das zu bieten, was er allein noch hatte — die fchönften Früchte feines Geiftes, der jedem Unglück die Stirne bot und edel und hochdenkend blieb bis zum letzten Augenblicke. Den Schatz, den er in fich trug, den üppig fprudelnden Quell reicher Poefie, konnten ihm jene nicht nehmen, die ihm Ehre und Amt und Geld und Gut zu rauben trachteten, und wie er als vermögender Mann nicht geizte mit dem was er materiell fich errungen hatte, fo fpendete er jetzt noch das einzige und letzte, was ihm blieb, feine Lieder, die Empfindungen feines vielgeprüften Herzens. Grofsartig und tiefergreifend ift darum der Gedanke jenes Banquetes; er enthüllt einen erhabenen Geift und ein felbftbewufstes Gemüth, das auch im höchften Grade der Armuth und ohne Schätze diefer Welt noch ein Gaftmahl höherer Art zu geben verftund.

Diefes Banquet fand 1558 ftatt. Es waren hiezu geladen: Vasco de Athayde, Francisco de Almeida, Heitor da Silveira, Lopes Leitam und mehrere andere hervorragende Dichter und Ritter, die zu jener Zeit in Indien waren. Von dem letzteren ift allerdings fchwer zu begreifen, wie er gleichzeitig ein Freund des Camoens und des Andrade Caminha fein konnte. —

Den Winter 1559 brachte der Dichter in Goa zu. Der fchmähliche Tod feines intimften Freundes des

Alvaro de Silveira, der 1559 bei Baharem, wie aus einem Sonette des Camoens hervorgeht, von feinen Soldaten verlaffen oder doch nicht gehörig unterftützt, fiel, hatte ihm einen herben Schmerz verurfacht. Unterdeffen war die Stellung des Vicekönigs Conftantino von Braganza gewaltig durch ein allgemeines Mifstrauen erfchüttert worden. Umfonft fchrieb Camoens feine Oktaven und auch fein Freund Diogo do Couto zu Gunften des Statthalters und feiner glücklichen Erfolge bei Janafapatam (1560); im September 1561 trat er ab, um feinem Nachfolger, Francisco Coutinho, dem Grafen von Redondo, Platz zu machen.

Der oben genannte Dichter Diogo do Couto war einer der nächften Freunde des Camoens, und diefer fcheint viel von feinem Geifte gehalten zu haben; denn Severim de Faria erzählt, dafs Camoens ihm ftets zeigte, was er an feinen Lufiaden gedichtet hatte und manches auf feinen Wunfch änderte. Diogo war auch ein treu ergebener und befonders in ernfter Zeit verläfsiger Freund.

Der neue Vicekönig kannte den Dichter noch vom Hofe her, bat ihn gleich bei feiner Ankunft um einige gloffierte Verfe, die er auch erhielt, und verwendete ihn auch fonft. Indeffen nicht allzulange war das Leben des Camoens ohne trübe Wolken geblieben. Ein Ritter Namens Miguel Rodrigues Coutinho, dem er eine Summe Geldes fchuldete, liefs ihn in Haft fetzen, aus der er erft auf Verwendung des Vicekönigs kam, ehe diefer im Dezember 1562 abfegelte, um mit dem Camorim Frieden zu fchliefsen. Trotzdem folgte Camoens wohl aus Noth dem glänzenden Zuge des Statthalters nicht. Er blieb in Goa in Gefellfchaft jener herrlichen Dichter und

Rittergeſtalt, des edlen Heitor da Silveira, der, obwohl aus anſehnlichem Haufe ſtammend, in grofser Noth lebte. Die beiden Dichter halfen ſich gegenſeitig in thatkräftiger Freundſchaft aus, und Camoens verwendete ſich bei dem Statthalter zu Gunſten Heitors.

Wieder ſchien im Leben des Dichters ein glücklicher Wendepunkt eingetreten zu ſein. In Freundſchaft mit dem Statthalter, in der Lage ſich ſelbſt und ſeinen Freunden nützen zu können, geachtet und geehrt hatte er Grund, einer freudigeren Zukunft entgegenzuſehen, da ſtarb im Februar 1564 ſein mächtiger Gönner. Mit dieſer Zeit beginnt die dunkelſte Periode im Leben des Dichters. Viele Biographen laſſen ihn nach Malaka und den Molukken reiſen, und glauben in der ſechſten Canzone die Inſel Ternate, eine der Molukken erkennen zu dürfen, während andere Goa darunter verſtehen. Gleichfalls in dieſe Epoche fällt auch die räthſelhafte Liebe zu Dinamene, was einige für ein unentziffertes Anagramm halten. Von der Perſon ſelbſt wiſſen wir nur, dafs ſie im Meere ertrank. (Son. 23; 170.)

Der Nachfolger des Statthalters war wieder ein Mann, von welchem Camoens das beſte hoffen durfte; es war Antam de Noronha, der am 3. September 1564 in Goa einzog, derſelbe, zu welchem der Dichter ſchon ſeit ſeinem Aufenthalte in Ceuta in ehrenvollen Beziehungen ſtand und welchem die 13. Ode gewidmet iſt. Der Statthalter ſorgte auch für den Dichter, indem er ihm die Faktorei von Chaul, die jährlich 100,000 Reis trug, verſprach, ſobald dieſelbe leer ſein würde. Während Camoens auf dieſen Poſten wartete, ſammelte er wohl eine Anzahl ſeiner Dichtungen unter dem Titel „Parnaſo", der für faſt alle lyriſchen Gedichte ſeit dem ſechzehnten Jahrhunderte üblich war. Wahrſcheinlich begann Camoens 1565 und arbeitete noch in Mozambique (1569) daran. Sein ſehnlichſt erwarteter Amtsantritt zog ſich unterdeſſen immer länger hinaus und mehr und mehr erwachte in dem Dichter der Wunſch, in ſein Vaterland zurückzukehren. Da bot ſich eine günſtige Gelegenheit hiezu. Im Jahre 1567 übernahm Pedro Barreto, ein Neffe des ehemaligen Statthalters, als Capitän die Leitung eines Schiffes, das heimwärts ſegelte und erbot ſich, den Dichter nach Mozambique mit ſich zu nehmen; ja er lieh ihm ſogar zweihundert Cruſados (= 96,000 Reis).[11]) Die Güte des Pedro Barreto kehrte ſich bald in heftigen Haſs gegen Camoens, den einige daraus erklären, daſs er in des Dichters Poeſien die Klagen gegen die Härte ſeines Oheims mochte wieder geleſen haben. Er ſetzte ihn in Mozambique aus und hier verlebte Camoens zwei Jahre der traurigſten Noth und des Hungers; er lebte von der Mildthätigkeit ſeiner Freunde und hatte härter als einſt Dante zu fühlen „wie ſalzig das Brot am fremden Tiſche ſchmecke und wie müde es mache, fremde Stiegen zu ſteigen". (Paradiso XVII, 58.) Diogo do Couto ſchildert in ſeiner ſiebenten Dekade des Dichters Leben in Mozambique mit folgenden Worten: „In Mozambique fanden wir jenen Fürſten der Dichter ſeiner Zeit, meinen Genoſſen und Freund Luiz de Camoens ſo arm, daſs er von Freunden aſs, und um ſich nach dem Königreiche einſchiffen zu können, ſammelten wir Freunde für ihn die ganze Wäſche, welche er nöthig hatte; es fehlte auch an ſolchen nicht, welche ihm zu eſſen gaben; und jenen Winter, den er in Mozambique war, vollendete er ſeine Luſiaden ganz zum Drucke und ſchrieb viel an einem Buche von viel Gelehrſamkeit, Bildung und Philoſophie, welches er „Parnaſs" betitelte."

Diefer Diogo, des Camoens Freund, war mit Heitor da Silveira, und einem Verwandten des Dichter Vaz Pegado auf jenem Schiffe nach Mozambique gekommen, das 1569 den Statthalter Antam de Noronha nach der Heimat führte, als Luiz de Athayde an feiner Stelle die Regierung antrat. Diefe und zahlreiche andere Freunde und Gönner des Camoens retteten ihn, den Sänger der Lufiaden, vom Hungertode und ermöglichten ihm die Rückkehr in fein Vaterland. Im November 1569 fegelte die Flottille ab; Camones befand fich auf dem Schiffe Santa Clara, deffen Capitän Manoel Jaques war, und fchrieb während der Ueberfahrt an feinem Parnaffe. Am 7. April 1570 landete fein Schiff in Liffabon, und fo betrat Camoens nach fiebzehn Jahren den Boden feines Vaterlandes wieder.

Welche Gefühle mochten in diefem Augenblicke die grofse Seele diefes Mannes bewegen, als er wieder auf heimatlicher Erde war. Er kam ins Vaterland zurück, wie einft Odyffeus „nach mannigfaltiger Wandrung, nachdem er vieler Menfchen Städte gefehen und ihren Sinn erkannt" — er kam zurück wie der Herrfcher von Ithaka, arm und verlaffen, mit dem nackten Leben. Sie alle, die mit ihm das Schiff verliefsen, trugen den Lohn jahrelanger Dienfte mit fich. Sie brachten Reichthum und den Blick auf eine fchöne Zukunft in die Heimat, fie hatten Geld und Gut erworben, die Schätze Indiens ausgebeutet oft in unedelfter, unredlichfter Weife. Sie wurden erwartet von lieben Freunden, begrüfst am Strande der Vaterftadt und in ein gaftliches Haus geführt. Wie anders beftieg Camoens den Boden Portugals! Sein geringes Befitzthum hatte das Meer verfchlungen, Kerker und Ketten hatten feinen Mannesmuth gebeugt, kein liebendes Herz wartete feiner am vaterländifchen Geftade; er, der gröfste, der unfterbliche, der erfte all derer, welche das gelandete Schiff verliefsen, er fchien der letzte, der vergeffenfte, der niedrigfte unter allen zu fein. Und fie alle, wie fie am Hafen fich regten, fie alle, deren Zunge portugiefifch redete, fie dankten ihm ihren Namen, ihre Ewigkeit, dafs ihr Dafein nicht verklang mit ihrem Leben, dafs eine Erinnerung fortlebt in Europa an Portugals fonft vergeffene Mufe, fie dankten ihm Ruhm und Ehre, denn der arme Mann, der fich in Kleider hüllte, welche das Mitleid ihm bot, der von dem Brode afs, das fremde Gnade aus menfchlicher Theilnahme ihm gewährte, der Mann, deffen niemand achtete, als er die heimatliche Erde inniger und wonniger, liebevoller und hingebender als alle begrüfste — er trug in feinen Händen das hohe Lied feines Volkes, das fertige Manufkript feiner Lufiaden.

Die herrlichften Stellen in feinem Epos find jene, wo er von der Seligkeit einer Heimkehr ins theure Vaterland fpricht; fo (IX, 17):

> O Luft, ins theure Vaterland zu kommen,
> Zu feines Haufes Göttern und Verwandten,
> Die feltne ferne Schiffahrt zu erzählen,
> Verfchiedne Himmelsftriche, Völkerfchaften;
> Den Lohn zu ernten, den man fich erwarb
> Durch Arbeit in der Ferne und durch Unglück,
> Das ift für jeden ein Genufs fo hoch,
> Dafs ihm des Herzens Raum zu enge ift.

Camoens fand die Stadt und das Land nicht mehr, das er verlaffen hatte. Es lag über Liffabon eine düftere Stimmung. 1569 hatte die Peft entfetzlich gewüthet, wenige Häufer waren ohne Trauer. Der allgemeinen Annahme zufolge war ihr auch der Vater des Dichters zum Opfer gefallen. Dazu kam die Finanzkrifis im Lande, die fchlechte

Verwaltung, die einfeitig den Clerus bedachte. Der fchöne, ritterliche Hof von Liffabon war dahin; an feiner Stelle war der Tummelplatz religiöfer Intoleranz und trauriger Politik hier. Die unheilvollen Rathgeber des jungen Königs Sebaftian griffen zu den verkehrteften Mafsregeln und veranlafsten ihn, wie um ihn von dem allgemeinen Elende, das die Münzerniedrigung vom 14. April 1568 zur Folge hatte, ferne zu halten, nach Almeirim zu gehen. Wie um die allgemeine Stimmung noch unfeliger zu machen, ging von der Clerifei, fei es aus abergläubifcher Furcht, fei es aus habgieriger Abficht, die Prophezeiung durch's Land, Liffabon werde durch ein Erdbeben zu Grunde gehen. Genau fo hatten fie 1531 bei dem Erdbeben von Santarem gefchrieen, und auch jetzt predigten fie dem dummen Pöbel, die grofse Peft fei nur eine Strafe für die Münzerniedrigung, durch welche die Kirche an Almofen fo viel verloren hätte.

Camoens fah mit Schaudern das neue Bild feiner Vaterftadt. Er wohnte in der Strafse da Mouraria, in welcher fich auch das Waifenhaus befand, und war wohl fchon bei feiner alten armen Mutter, als am 20. April 1570 die erfte Dankesproceffion für Abwendung der Peft durch Liffabons Strafsen fich bewegte und ein Bild jener Trauertage neu vor Augen führte. War dies die Zeit, dies die Stimmung, dies ein Volk, das fein grofses Werk mit jener Begeifterung aufnehmen konnte, die er als fchönften Lohn fich erwarten mufste? Sicher nicht! Und er fühlte es felbft; er follte nicht die letzte Anerkennung finden. Er verliert die Luft zu fchreiben (Luf. X, 8), fein Geift erkaltet (Luf. X, 9), und Luf. X, 145 fagt er:

> Nicht weiter, Mufe, weiter nicht; die Leier
> Hab ich verftimmt und heifer meine Stimme,

Und vom Gefang nicht; weil ich fehe, dafs
Ich einem rauhen, harten Volke finge.
Die Gunft, die ftets den Genius entflammt,
Giebt mir mein Land nicht, es ift mitten drin
Im Raufch der Habfucht, in der Rohheit einer
Schmachvollen, bitt'ren, ftumpfen Traurigkeit.

Camoens hatte am Hofe noch zwei Gönner, die Infantin Franziska von Aragon und Manoel von Portugal, welchen er in der 7. Ode feinen Mäcenas nennt. Der letztere war es wohl hauptfächlich, der ihn bei dem Könige Sebaftian vertrat und ein Privilegium zum Drucke des Epos unterm 23. September 1571 erwirkte. Das Manufcript ging nun zur Revifion zum „Santo Officio", von welchem es die Bewilligung zum Drucke am 12. März 1572 erhielt; aber gewifs nur, weil es fich des königlichen Schutzes zu erfreuen hatte, denn Marot, Boccaccio, einzelne Schriften Dantes, Pulci, Sannazaro und andere Schriftfteller ftanden auf dem Index verbotener Werke von 1564. Es war alfo ficher nur der Gnade des Königs und vielleicht der Freundfchaft des Dichters mit den Dominikanern zu verdanken, dafs das Gedicht mit verhältnifsmäfsig wenigen Verftümmelungen durchkam. Dazu kam, dafs der damalige Vorfitzende des „Santo Officio", der Pater Bartholomäus Ferreira nicht nur ein ziemlich gebildeter, fondern auch fehr objektiver Mann war, der, obwohl ein Freund Caminhas, doch dem Camoens nichts in den Weg legte. Sein Erlafs lautet: „Auf Befehl der heiligen und allgemeinen Inquifition habe ich diefe zehn Gefänge der Lufiaden des Luiz de Camoens von den tapferen Waffenthaten, welche die Portugiefen in Afien und Europa vollbrachten, gefehen und in ihnen keine anftöfsige, dem Glauben und den guten Sitten zuwiderlaufenden Dinge gefunden; nur fcheint es mir nöthig, den

Lefer aufmerkfam zu machen, dafs der Autor, um die Schwierigkeit der Schiffahrt und des Einzuges der Portugiefen in Indien zu erhöhen, eine Fiktion von den Göttern der Heiden anwendet. Und obwohl der heilige Auguftinus in feinen Retractationen es zurücknimmt, dafs er in den Büchern, welche er „de ordine" gefchrieben hat, die Mufen Göttinnen nennt, fo haben wir, da dies Poefie und Dichtung ift und der Autor als Dichter nicht mehr anftrebt, als den poetifchen Stil zu fchmücken, dennoch diefe Fabel von den Göttern im Werke nicht für unzuläffig gehalten, da wir fie als folche erkannten und da immer unter Aufrechthaltung der Wahrheit unfres heiligen Glaubens all' diefe heidnifchen Götter nur Dämonen find. Und deshalb fchien mir das Buch des Druckes werth, und der Autor zeigt in ihm viel Geift und viel Gelehrfamkeit in den fchönen Wiffenfchaften."

Man fieht aus dem Ganzen das wohlwollende Urtheil eines gebildeten Mönches, der Bartholomäus Ferreira, der Befitzer einer grofsen Bibliothek, wirklich war.

Anfangs Juli 1572 erfchienen die Lufiaden bei Antonio Gonzalves. Sofort mit ihrem Bekanntwerden begannen auch die Streitigkeiten zwifchen den Freunden und den Gegnern des Dichters. Ein neuer unter den letzteren war Bernardes, an Sá de Miranda und Ferreira herangezogen. Er griff das auf, was fchon früher des Dichters Feinde hauptfächlich an ihm tadelten, die reiche Anzahl neuer Worte und Formen. Als ob einem grofsen Dichter, der das Feld der Poefie wie Camoens betritt, der in der That eine neue Sprache fchuf, nicht geftattet, ja geboten wäre, den Schatz der Worte zu bereichern! Das haben zu jeder Zeit die erften Dichter eines Volkes gethan und darin hat man ja von je das Vorrecht der hervorragendften

Schriftsteller gefunden, dafs sie es wagten, ihre Sprache zu dehnen, neue Wendungen, neue Ausdrücke ihr zu erfinden, wofern dieselben nur aus der Sprache und ihrem Geiste selbst entwuchsen und nicht wie fremdes Reis mit Widerstreben ihr eingepfropft wurden. Camoens aber, wenn er zu Neologismen greift, schöpft aus dem Quelle der lateinischen Sprache, der Mutter, welcher, was Sprachschatz und syntaktischen Aufbau betrifft, die portugiesische von allen Töchtersprachen am treuesten geblieben ist. Was also Camoens aus dem Borne der Römischen holt, das pflanzt er aus keinem fremden Boden in seine Sprache, von der er selbst (Lus. I, 33) sagt, dafs man, wenn man sie sprechen hört, glaubt, es sei mit geringer Verderbtheit die lateinische.

Indessen hatte Camoens nicht umsonst in der Einleitung seines Epos sich und seine Dichtung dem Könige empfohlen. Wahrscheinlich der Graf von Idanha, Pedro da Alcazova Carneiro oder dessen Günstling Martin Gonzalves da Camara erwirkte am 28. Juli 1572 ein königliches Dekret, welchem zufolge er 15000 Reis jährlich auf die Dauer von drei Jahren erhielt. „Mit Rücksicht," heifst es in demselben, „auf den Dienst, welchen der Ritter Luiz de Camoens mir in den Theilen Indiens viele Jahre leistete und wie ich hoffe, ferner leisten wird und auf die Kunde, welche ich von seinem Geiste und seiner Geschicklichkeit habe und auf die Tüchtigkeit, die er in dem Buche, welches er über die Vorgänge in Indien schrieb, bewies". Es wurde indessen dem Dichter die Einnahme des königlich gewährleisteten Gehaltes unendlich erschwert, wie überhaupt sein ganzes Leben in Lissabon nur „Zwietracht" war, was uns die elfte Ekloge schildert. Die Veröffentlichung der Lusiaden hatte natürlich den alten Neid nur mehr erregt. Pedro da Cofta Pereftrello zerrifs fein noch nicht erfchienenes Gedicht über die Entdeckung Indiens, nachdem er eben von der Seefchlacht von Lepanto (1571) zurückgekehrt war. Wie immer auch das Epos diefes Mannes gewefen fein mochte, eins fehlte ihm unbedingt, das portugiefifche Nationalgefühl; denn er war ein Schmeichler Philipps II., deffelben, der fein Vaterland vernichtete.

In Mitten der feindfeligen Angriffe erfreute fich Camoens dennoch der Anerkennung, dafs fein Gedicht bald fpezieller Commentare gewürdigt wurde. Diogo do Couto und Manoel Correia Montenegro commentierten auf des Dichters Verlangen fein Epos. Auch den Hofkreifen war er nicht völlig entzogen; bekannt ift ja die Antwort, welche ihm dort Pedro da Alcazova Carneiro auf die Frage gab, was der gröfste Fehler fei, den er in feinen Lufiaden gefunden habe. Es fei in ihnen, erwiderte der Graf, ein fehr grofser: der, dafs das Gedicht nicht fo kurz fei, um auswendig gelernt werden zu können, oder nicht fo lang, dafs man nie zu lefen aufhören müfste.

Noch in demfelben Jahre wurde eine zweite Ausgabe der Lufiaden nöthig; beide find jetzt äufserft felten geworden, ja Portugiefen verfichern, dafs in ganz Portugal nicht mehr als fünf Exemplare exiftieren. [12]) Diefe bald wiederholte Auflage und verfchiedene andere Anzeichen, des Camoens eigene Worte, der (Luf. X, 156) von feiner nun „geachteten" Mufe fpricht, zeigen, dafs er als Dichter fchon hochgefchätzt wurde, und damit hängt auch der Diebftahl feiner fämmtlichen lyrifchen Gedichte, welche er unter dem Titel „Parnafs" gefammelt hatte, zufammen. Alle Nachforfchungen nach den Dichtungen waren fruchtlos. Erft fünfzehn Jahre nach feinem Tode erfchienen fie ftückweife, als es dem eifrigem Suchen des Dichters Eſtacio de Faria gelang, vieles aufzufinden. Zahlreiche andere find in den Sammlungen jener Zeiten zu fuchen, welche Alfons Lopes (1587), Rodrigues Lobo Soropita (1595), Eſtevam Lopes (1598), Domingos Fernandes (1616), Rodrigues de Sá (1645), Alvares da Cunha (1668), Manoel de Faria e Soufa (1685), P. Thomas José de Aquino (1779) und neueſtens (1860) Juromenha veranſtalteten. Aus diefen Sammlungen allen ſtellt nun Braga in einer eigenen Tabelle den geraubten Parnafs wieder her, eine ziemliche Anzahl von Gedichten.

Der Raub des Parnafs war indeſſen nicht nur ein Eingriff in das Eigenthum des Dichters und eine Gewaltthat vollzogen an feinem Ruhme, er traf auch feine elende Lage; denn der Bettelgehalt von 15000 Reis war nicht angethan, ihm eine feiner Würde entfprechende Stellung zu verfchaffen. Zwar hatte er unterm 2. Auguſt 1575 denfelben auf weitere drei Jahre erhalten, aber er bekam ihn fehr unregelmäfsig ausbezahlt, und es geht die Sage, dafs Antonio, der treue Sclave, den er vom Schiffbruche am Mäkhaun mitbrachte, und der feitdem die Armuth mit ihm theilte, des Nachts in den Strafsen von Liſſabon bettelte. Mit welch' kalter Refignation rief einſt Camoens dem Ruy Dias da Camara zu, der bei ihm eine Uebertragung der Bufspfalmen verlangt und fich befchwert hatte, dafs fie fo lange nicht fertig wurde: „Herr, als ich dies Gedicht machte, war ich jung und der Damen Günſtling und ich hatte das Nöthige zum Leben; jetzt habe ich Geiſt und Zufriedenheit für nichts, weil mir all' das fehlt und ich mich in folchem Elend fehe, dafs hier mein Antonio ſteht und zwanzig Reis für Kohlen von mir verlangt; ich habe fie aber nicht, um fie ihm zu geben."

Bald ſtarb ihm auch ſein treuer Antonio, ein ſchwerer Verluſt in ſo trüben Tagen.

Unterdeſſen begann König Sebaſtian ſeine Ausrüſtungen zur erſten afrikaniſchen Expedition. Die ganze waffenfähige Jugend, der Kern des Adels hielt es für eine Ehrenpflicht, mit ihm zu ziehen. Es mag wohl Camoens ſchwer gefallen ſein, dieſem glänzenden Zuge ferne bleiben zu müſſen; allein er war krank und mittellos; denn ſelbſt die ſchändliche Bettelſumme von 15000 Reis [13]) erhielt er durch allerlei Intriguen und Fahrläſſigkeiten z. B. vom Januar 1575 bis zum 2. Juni 1576 einmal gar nicht ausbezahlt. Die Thorheiten des Königs Sebaſtian entvölkerten allmählig den Hof, wo der Narr mehr galt als der Weiſe. Die beſten der Nation wie Falcam de Reſende ſprechen in ihren Dichtungen mehrfach ihre Verwunderung darüber aus, wie ein Geiſt wie Camoens vom Hofe ſo ſehr vernachläſſigt werden konnte, andere ſuchten ihn zu heben, ja er genoſs im Auslande bereits eine hohe Verehrung. Der ſpaniſche Dichter Fernando Herrera ſchickte ſich an, eine Ueberſetzung der Luſiaden herzuſtellen, Torquato Taſſo in Rom, der groſse Dichter des „befreiten Jeruſalem" widmete ihm ein ſchönes Sonett, ſo daſs Camoens mit Recht von ſich ſagen konnte, daſs „der Betis ihn höre" und „der Tiber preiſe". Die Verehrung des Auslandes muſste den Dichter für die verſagte Anerkennung in der Heimat wohl entſchädigen; umſomehr als er 1577 noch ſchwere Verluſte erlitt und die letzte Hoffnung, doch einmal noch am Hofe gefeiert zu werden, aufgeben muſste. Es ſtarb im März die Infantin Maria, deren hochgebildeten Hof der Dichter in jungen Jahren häufig beſucht hatte; es ſchied Manoel von Portugal und Pedro de Alcazova Carneiro, und letzterer nahm mit fich nach Spanien den Dichter Diogo Bernardes, der wohl in den letzten drei Jahren zu den Freunden des Camoens zählte. Auch Luiz de Athayde ging in demfelben Jahre zum zweiten Male nach Indien.

Die Weihe der Fahne, unter welcher Sebaftian fein Heer vereinigte, fand am 14. Juni 1578 feierlich ftatt. Camoens gedenkt derfelben im 351. und 243. Sonette, vielleicht um fich des jungen Königs Gunft zu holen. Allein es war umfonft. Sebaftian nahm als Sänger feiner Thaten Diogo Bernardes mit fich. Schon feit 1575 foll übrigens nach Faria e Soufa's Mittheilung Camoens fich mit der Idee eines neuen Epos getragen haben, in welchem er Sebaftians Thaten befingen wollte. Die traurigen Nachrichten über den unglücklichen Fürften, deffen Thaten der fchlaue Philipp II. zufah mit der kalten Berechnung, dafs er als Sieger ihm ein trefflicher Schwiegerfohn fein, befiegt ihm ein herrliches Königreich verfchaffen werde, foll ihn bewogen haben, die fchon gefchriebenen Stanzen diefes neuen Epos zu zerreifsen. Die Niederlage von Alcacer Kibir war auch nicht angethan, einen Epiker weiter zu begeiftern. Fragmente eines folchen Epos hat Antonio Lourenzo Caminha als dem Camoens gehörig herausgegeben. Die Stanzen find mittelmäfsig gearbeitet, vielmehr nur fkizziert, ihrer vierzig, ftammen aber doch wohl von dem Dichter. Auch das Epos des Bernardes kam nicht zur Ausführung, da er gefangen wurde.

Noch kurz vor dem Tage des Aufbruches der Flotte, welcher am 25. Juni 1578 ftattfand, erhielt Camoens einen Erlafs über die Fortfetzung der Zahlung der 15000 Reis. Dachte König Sebaftian vielleicht mit diefer Summe den Dichter dafür zu entfchädigen, dafs er ihn nicht als den Sänger feiner vermeintlichen Siege mit fich nahm? Es möchte faft fo erfcheinen.

Am 4. Auguft 1578, alfo kurze Zeit nach dem Aufbruche, ereignete fich das grofse Unglück der Niederlage von Alcacer Kibir. Bei der Ankunft diefer entfetzlichen Trauerkunde war Camoens faft aufser fich. Der König follte gefallen fein, der hundertjährige Waffenruhm der Nation befleckt, zahlreiche Freunde des Dichters wie Miguel de Menezes erlegen, andere wie Miguel Leitam de Andrade, Fernam d'Alvares do Oriente, André de Quadros, Diogo Bernardes gefangen? In der zehnten Elegie fpricht Camoens mit Verachtung von dem Heere.

> ... wie find die Enkel
> So plötzlich jetzt fo weit entartet?

ruft er, nachdem er wehmüthig der Thaten der Alten gedacht hat. Das 346. Sonett, vielleicht des Dichters letzte Arbeit, gedenkt des gefallenen Königs in jener Trauer, welche ihn nicht mehr verliefs. Man kann ohne Uebertreibung behaupten, dafs der jähe Sturz der portugiefifchen Macht, die fo ungeahnte Niederlage das Herz und die Gefundheit des grofsen Geiftes brach, der fich fo ftolz gefühlt hatte, diefem tapferen Volke anzugehören, der felbft in zahlreichen Kämpfen fein Leben für die Gröfse feines Landes allen Gefahren ausgefetzt hatte. Viel, unendlich viel war über diefen Mann in feinem Leben hereingebrochen, nichts hatte ihn fo gebrochen, als das Sinken feines Volkes. Er hatte ausgerungen; der letzte Tag mochte ihm erwünfcht fein und erwünfchter als damals, da er das fchöne Sonett fchrieb:

> O wieviel fchöner ift der letzte Tag
> Des fanften Tods, als der uns gab das Leben!
> Wie beffer ift des Augenblicks Entfchweben,
> Das uns von Jahren Wehs befreien mag.

Um andre Güter endet da das Streben,
Und was Dir fonst fo ernst am Herzen lag —
Du finnest immer jenen Dingen nach:
Ruh foll dem Staub nur kalte Erde geben.

Den Gott zu feinem Schaffner nahm im Seinen,
Der fiehet ftrenger Abrechnung entgegen,
Reich mag alsdann ein armer Hirt erfcheinen.

Weh denen, die am letzten Tag erlegen
Noch follten, was fie fremdem Schweifse fchulden:
Sie zahlen mit der Seele ftatt mit Gulden.

(I. Manefeld.)

Es folgte nun eine kurze Regierung des Grofsoheims des gefallenen Königs, des Cardinales Heinrich, während welcher Spaniens Abfichten auf den Thron von Portugal immer klarer hervortraten. Die nationale Partei erhob fich vergeblich. Camoens und die beften der Nation waren die Seele derfelben. Aber die Gunft des mächtigen Königs Philipp II. verlockte manchen; Caminha und Bernardes nahmen Sold von dem Unterdrücker ihres Vaterlandes, ja Rodrigues Lobo fchrieb ein Gedicht zu Ehren feines Befuches in Portugal.

Auch Camoens hätte hoffen können, unter fpanifcher Herrfchaft als das zu glänzen, was ihm fein angeftammter König nicht geboten hatte. Mit gewohnter Schlauheit hatte der Ufurpator einen fo bedeutenden Mann wie Camoens nicht aufser Acht gelaffen.

Am 26. März 1580 war die erfte fpanifche Ueberfetzung der Lufiaden von Benito Caldera, einem jungen Portugiefen in Madrid, bereits druckfertig. Camoens fah fie wohl noch. Im nämlichen Jahre folgte eine zweite fpanifche Ueberfetzung des Epos von Luiz Gomez de Tapia in Sevilla. Wie uns die Vorrede lehrte, hatte das fpanifche Heer zur Zeit ihres Erfcheinens bereits die portugiefifche Grenze überfchritten. Camoens verfiel zufehends. Die Schmach des Vaterlandes zerfchmetterte ihn; er fchrieb jenen berühmten Brief an Franzisco Almeida, der leider nicht erhalten blieb. Aus demfelben find die Worte, welche fich in der Lufiadenausgabe von Craasbeck (1626) finden: „Kurz, ich werde das Leben fchliefsen und alle werden fehen, dafs ich meinem Vaterlande fo zugethan war, dafs ich mich nicht befriedigte, in ihm fondern mit ihm zu fterben." Schon früher hatte Camoens es geweiffagt, er werde mit feinem Vaterlande fterben, und fo war es. Der Augenblick, wo fpanifche Heere Portugals Boden betraten, war fein letzter. Am 10. Juni 1580 hauchte er feine edle Dulderfeele aus, als auf den Strafsen jener verzweiflungsvolle Sang ertönte, in welchem das Volk dem Cardinal die Hölle wünfchte, weil er Portugal an Spanien vermacht hatte. —

Camoens ftarb im Haufe feiner armen, alten Mutter in der St. Annaftrafse (Nr. 52 bis 54) neben dem St. Annenbogen. Sein Todeskampf war kurz; er endete allein und unbeachtet. Diogo do Couto fagt in der fiebenten Dekade: „In Portugal ftarb diefer vortreffliche Dichter in reinfter Armuth." Im Exemplare der erften Ausgabe der Lufiaden, welches dem Lord Holland gehörte, fand Morgado de Matheus, ein fpäterer Herausgeber des Epos, folgende intereffante fpanifche Bemerkung des Frei Jofep Indio, eines Carmelitermönches vom Klofter von Guadalaxara: „Welche traurige Sache, einen fo grofsen Geift in fo fchlechter Lage zu fehen! Ich fah ihn fterben in einem Spitale in Liffabon, ohne dafs er ein Betttuch gehabt hätte, um fich zu bedecken, nachdem er in Oftindien triumphirt und 5500 Meilen zur See gefahren war; welch' gewichtiger Fingerzeig für jene, welche Tag und Nacht ohne Vortheil ſtudierend ſich abmühen, wie die Spinne, indem ſie Gewebe ſpinnt, um Fliegen zu fangen." Vielleicht war das Spital das Haus von St. Anna, in welchem Kloſter der Dichter begraben liegt. Faria e Souſa behauptet, daſs er in einem kleinen Häuschen endete nahe beim Kloſter; Manoel Correia ſagt nur, daſs er hülflos ſtarb.

Der König Philipp II., der ſein Gedicht geleſen hatte, fragte nach dem Dichter, ſo wie er das Land betreten hatte und bedauerte lebhaft ſeinen Tod. Alle dieſe Dichter und Feinde des Verſtorbenen von Caminha an, hatten ſchöne Stellen im Dienſte des ſpaniſchen Despoten erhalten. Camoens wäre vielleicht als Rebell um ſein Haupt gekommen, wie ſo viele edle Vertheidiger ihres Vaterlandes. Er, der begeiſterte Sänger ſeines Volkes, hätte nie den Nacken gebeugt vor dem fremden Eindringling; für ihn wäre kein Lohn zu hoch geweſen, um ihn zu veranlaſſen, deſſen Gröſse zu ſingen, der als düſtrer Despot nicht nur die Freiheit der Völker, ſondern auch die Freiheit des Gedankens zu vernichten gekommen war.

In der Pfarrkirche des St. Annakloſters wurde der Körper des groſsen Dichters begraben. Nichts bezeichnete die Stelle, ſo daſs funfzehn Jahre ſpäter, als Gonzalo Coutinho ihm ein Gràbmahl ſetzen liefs, es ſchwer wurde, die Gebeine aufzufinden. Die Grabſchrift, welche Gonzalo Coutinho ihm gab, lautete:

Hier liegt Luiz de Camoens,
Der Fürſt der Dichter ſeiner Zeit.
Er lebte arm und elend und ſo ſtarb er
im Jahre MDLXXIX.

Dieſe Grabſtätte liefs ihm hier D. Gonzalo Coutinho herſtellen, in welcher kein Menſch mehr wird begraben werden.

Leider zerftörte das Erdbeben von 1755 die Kirche und mit ihr das Grabmahl, und niemand dachte daran, das Denkmal des grofsen, feltenen Geiftes wiederherzuftellen.

Manoel Severim de Faria fchildert Camoens als einen Mann von mittlerer Gröfse, vollem Geſichte, mit hellblonden faft fafrangelben Haaren; zierlich und fein in feiner Erfcheinung, als er jung und noch im Befitze feines rechten Auges war. Im Umgange war er lebhaft, heiter, witzig bis zu jener Zeit, wo das Unglück zu mächtig über ihn hereingebrochen war und ihn tieffinnig machte. Er war eine gerade, tapfere, treue Natur. Glühend in feiner Liebe, unwandelbar in feiner Freundfchaft, voll Hingabe an fein Vaterland, dem er gewifs nichts zu danken hatte, im Kriege ein Ritter und Kämpfer voll tapferen Sinnes, ferne von jeder kriechenden Herablaffung, kein Schmeichler, kein Anmafsender ift er nicht nur als Dichter, nein, auch als Menfch eine hochachtbare Erfcheinung. Nach feinem Tode wurde auch feinen Gegnern fein innerer Werth mehr und mehr klar. Sie nannten ihn den Fürften der Dichter, den Grofsen, und Philipp II. wollte an feiner Mutter thun, was ihm an dem Todten zu thun nicht mehr möglich war; er liefs ihr die noch rückftändigen 6000 Reis [14]) ausbezahlen. Einige Jahre fpäter wurde auch die alte Frau beerdigt.

Faffen wir das Bild des grofsen Mannes, den wir durch fein wechfelvolles Leben begleitet haben, nochmals zufammen, fo tritt er uns als eine in jeder Lage erhabene Geftalt entgegen. Das Unglück ift die Schule grofser Seelen, das zeigt fich an Camoens. Seines Geiftes, feiner hervorragenden Eigenfchaften bewufst, zog er anfpruchslos durch's Leben, von jenen kaum geduldet, die er weithin überragte. Keinen Augenblick hat ihm das Glück gelächelt und bezeichnender für feinen Lebenslauf ift wohl keine Dichtung, als jenes Sonett, das Platen (G. W. 1853. 2. Bd. S. 332) zur Ueberfetzung wählte:

> Was beut die Welt, um noch darnach zu fpähen,
> Wo ift ein Glück, dem ich mich nicht entfchwur?
> Verdrufs nur kannt' ich, Argwohn kannt' ich nur,
> Dich, Tod, zuletzt, was konnte mehr gefchehen?
>
> Dies Leben reizt nicht, Leben zu erflehen,
> Dafs Gram nicht tödte, weifs ich, der's erfuhr:
> Birgft Du noch gröfs'res Mifsgefchick, Natur,
> Dann feh' ich's nah; denn alles darf ich fehen!
>
> Der Unluft lange ftarb ich ab und Luft,
> Selbft jenen Schmerz verfchmerzt' ich, büfst' ich ein,
> Der längft die Furcht gebannt mir aus der Bruft.
>
> Das Leben fühlt' ich als verliebte Pein,
> Den Tod als unerfetzlichen Verluft,
> Trat ich nur darum in das kurze Sein?

Was ihn, abgefehen von feiner dichterifchen Gröfse, zu Portugals nationalem Dichter macht, das ift fein echter, unerfchütterlicher Patriotismus, deffen Innigkeit um fo höher anzufchlagen ift, als fein Vaterland nichts für ihn that, während andere Nationen bereits begannen, ihn hochzufchätzen. Als die fremden Herrfcher Portugal in Befitz genommen hatten, da galt das Epos des Camoens allen Freunden des Vaterlandes als ein Buch, durch welches die glimmende Flamme des erftickenden Patriotismus noch aufzufrifchen war; es war der Sang von Portugals Heldentagen, das heilige Lied aus jener grofsen Periode, in welcher das Land vor allen andern blühte. Wen diefes gewaltige Gedicht nicht neu für das Vaterland begeiftern,

neu beleben konnte, der fühlte auch nicht mehr für feine
Größe, in deffen Bruft war die letzte Glut erlofchen. Das
wufste auch die Inquifition, die treue Dienerin der fpanifchen Politik. Sie wagte es, Hand anzulegen an das
fchöne Werk und die herrliche Dichtung zu verftümmeln.
Im Jahre 1584 veranftaltete die Inquifition zu Liffabon
jene elende Ausgabe, welche den Spottnamen „dos Piscos"
führt. In ihr ward abgefchnitten, was einigermafsen an-
ftößig fchien. Trotzdem wurde das Epos ziemlich po-
pulär; der achtzigjährige Bifchof von Targa, Frei
Thomé de Faria überfetzte es als Troft in der Zeit, die
er erlebte, ins Lateinifche, und die Soldaten fangen Stanzen
aus demfelben bei der Belagerung von Columbo. Draftifch
allerdings ift es, dafs die Schuhmacherzunft, als Philipp II.
Portugal befuchte, ihren Triumphbogen mit Verfen aus
dem nationalften Gedichte fchmückte, dafs 1587 vier
Studenten von Evora: Manoel Luiz Freire, Manoel
do Valle de Moura, Bartholomeo Varella und
Luiz Mendes de Vasconcellos den erften Gefang
parodierten, eine Sünde an der Pietät, die man folchen
Werken fchuldet, die freilich nur Dichtungen erften Ranges
treffen kann. Die Portugiefen haben indeffen ihren Camoens nie genug gewürdigt. Wenige Anerkennungen im
Lande find ihm zu Theil geworden und Braga fagt (396)
mit Recht, nachdem er erzählt, wie 1740 der Präfident
Broffes in Mantua vergeblich nach Virgils Geburtsort ge-
forfcht und fchliefslich erfuhr, das Haus heifse Virgiliana
von einem Fürften Virgilius, der über die Poeten geherrfcht
habe: „Das portugiefifche Volk weifs noch viel weniger
als dies von Camoens; hier vergafsen die Gebildeten des
17. und 18. Jahrhunderts gänzlich die Stelle, wo das
Grabmahl des Camoens war und heutigen Tages kam man

trotz der mühsamsten Forschungen der offiziellen Commissionen von 1835 und 1854 zu dem Schlusse, daſs es unmöglich sei, wirklich sein Grab zu bestimmen. Alle kennen die Anekdote von einem Menschen, der las: „O Braz de Camões" statt „obras" (= Werke), was dem litterärischen Urtheile des arkadischen Castilho nicht nach steht, der behauptete — es gäbe in der neueren Generation keinen Dichter; der sich nicht schämen würde, eine Strophe der Lusiaden zu unterzeichnen. Diese Beweise, welche von dem Mangel an Verständniſs für das Nationalepos zeigen, entspringen aus Mangel an Nationalbewuſstsein. Und deshalb fanden die Lusiaden seit ihrem Erscheinen im Auslande die wahre Würdigung, gelesen zu werden. Tasso in jenem allbekannten Sonette, in welchem er sagt, daſs die Gesänge des Camoens weiter fliegen werden als die Schiffe des Gama, nennt ihn mit einer süſsen Melancholie der Brüderschaft „il colto e buon Luigi" ... und Pato Moniz führt diese Worte an, welche der Verfasser des „befreiten Jerusalems" von Camoens schrieb: „In diesem Jahrhunderte habe ich nur einen Nebenbuhler, der mir die Palme streitig machen kann. Ach! sage mir, bist du so unglücklich wie ich, tugendreicher Sänger der höchsten That, welche deine Nation vollbrachte? Von dorther klang es, daſs du unglücklich bist! Du bist es nicht so, wie ich. Es kann kommen, daſs das Reich in Indien aus den Händen der Nachfolger Emanuels kömmt und daſs das stolze Lissabon nicht mehr die Schätze Asiens und Afrikas zu seinem Hafen gelangen sieht; aber der erste Ruhm seiner unendlichen Eroberungen wird immer glänzend fortleben in dem Gedichte des Camoens; die entferntesten Nationen werden in den Lusiaden die unglaubliche Tapferkeit eines Häufleins von Menschen bewundern, die fchrecklichen, unendlichen, nie gefehenen Gefahren trotzend, bis an die äufserften Grenzen des Univerfums ihre Tapferkeit und die Religion ihrer Väter trugen."

Fremde haben fomit des Dichters Wirken ehrenvoller als fein eigenes Vaterland anerkannt, des Dichters, den Humboldt den Homer der lebenden Sprachen nennt.

Gerade der Umftand aber, dafs Camoens fo treu und feft zu feinem Vaterlande ftand, obwohl hier nichts für ihn gefchah und er im Auslande mehr zu hoffen hatte als in der Heimat, dafs er das Bewufstfein eines Volkes zu heben ftrebte, das eben feiner grofsen Vergangenheit zu vergeffen begann, das giebt das beredtefte Zeugnifs für die Wahrheit und Innigkeit feines Patriotismus, und dafs jene Vaterlandsliebe, der er in feinem Epos in fo fchönen Worten Ausdruck giebt, eine wahre und tiefgefühlte gewefen ift. So mancher hat fchöne Verfe von Freiheit und Vaterland gefungen und war doch ein Knecht, der auf feinen Vortheil ausging und da fein Leben genofs, wo er es für gut fand.

Das tragifche Schickfal des Dichters hat manche dramatifche Bearbeitung veranlafst, fo die Dramen der Franzofen Deslandes (1829) und Perrot (1845), des Engländers Tucker (1835), der Portugiefen Burgain (1845), Alex. Monteiro (1848) und das deutfche dramatifche Gedicht „Camoens" von Fried. Halm (Münch-Bellinghaufen 1838). Aufserdem behandeln zahlreiche Romane und Novellen Epifoden feines Lebens, befonders feinen Tod, wie Ludwig Tiecks Novelle (Berlin 1834) und Tiffot, l'agonie de Camoens (Paris 1867).

Des Camoens Werke find in alle bedeutenden lebenden Sprachen oftmals und zu verfchiedenen Zeiten überfetzt worden. Um nur von deutfchen Uebertragungen zu fprechen, fo find feine lyrifchen Dichtungen von Louis von Arentsfchmidt (Leipzig 1852), von C. Schlüter (Münfter 1869) und die Canzonen von W. Storck (Paderborn 1874) deutfch bearbeitet worden. Die Lufiaden find, um theilweife Ueberfetzungen wie die des erften Gefanges von R. (Hamburg 1808), oder des ‚fechften von A. W. Schlegel (Berlin 1804) nicht zu berückfichtigen, von C. C. Heife (Hamburg 1806), F. A. Kuhn und C. Th. Winkler (Leipzig 1807), I. I. C. Donner (Stuttgart 1833), F. Booch-Arkoffy (Leipzig 1854), K. Eitner (Hildburghaufen 1869) ins Deutfche übertragen worden. —

Nachdem wir nun in kurzen Zügen uns das Bild des Mannes vergegenwärtigt, der im fteten Kampfe mit feinem widrigen Schickfale und unter unfäglichem Elende zum Gipfel des höchften Ruhmes und zur Unfterblichkeit gelangte und in ihm einen Mann kennen gelernt haben, auf den feine Nation mit berechtigtem Stolze blicken darf, erübrigt uns nur noch eine kleine Würdigung feiner Schöpfungen, zunächft jener Dichtung, welche ihm zu dem Namen verholfen hat, den er mit Recht unter den Dichtern Europas einnimmt.

Die neuefte Volksausgabe feiner gefammten Werke [15]) bietet 354 Sonette, 19 Canzonen, 5 Sextinen, 13 Oden, 8 Oktaven, 27 Elegien, 15 Eklogen, was alfo den „Parnafs" umfängt nach italienifchen Muftern. Es folgt hierauf der Cancioneiro, alle Redondille enthaltend und die drei Stücke Filodemo, die Amphytrionen und den König Seleucus. Hieran fchliefst das grofse Werk der Lufiaden. Da wir von den lyrifchen Gedichten fchon früher fprachen und am geeigneten Orte auch einzelne Proben gaben, fo haben wir uns zum Schluffe nur noch mit dem Hauptwerke des Dichters, feinen Lufiaden, zu befchäftigen.

Die Lufiaden — os Lusíadas — ift der Titel des gewaltigen Epos d. h. die Portugiefen, die Söhne des Lufus, des Stammvaters der Portugiefen, der als ein Sohn oder Begleiter des Bakchos einft nach Portugal kam. Schon der Titel des Werkes ift vielfach verderbt in „die Lufiade", wie es Voltaire in feinem „Essai sur la poésie epique" fälfchlich erklärt als gleichbedeutend mit „Portugade". Dies pafst zum Uebrigen in feiner unkritifchen Abhandlung über Camoens. Die Lufiaden, feine Portugiefen, befingt er in feinem Epos, wie er es in der Einleitung zum erften Gefange fagt:

> Die Waffen und die hochberühmten Helden
> Die her von Lufitaniens weftlichem
> Geftad' durch früher nie durchkreuzte Meere
> Hinzogen ...

und nochmal in der dritten Strophe:

> Da ich den Muth der lufitan'fchen Bruft,
> Dem Mars gehorchte und Neptun, befinge.

Es ift das althergebrachte „Arma virumque cano" des Virgil, das uns hier entgegentritt, und fchon diefer Eingang, der an alte Traditionen erinnert, mit denen alle die Kunftepiker wie Taffo, Arioft, Voltaire, ja auch das heroifch-komifche Epos eines Taffoni, Boileau, Diniz nicht brechen wollte, giebt uns den Mafsftab der Beurtheilung des ganzen Gedichtes an die Hand. Das Epos ift, wie uns fein erftes Wort ins Gedächtnifs ruft, aufgebaut auf klaffifchen Erinnerungen; es knüpft an jenen römifchen Dichter an, der zum erften Male auf den Gedanken kam, durch ein künftlich gefchaffenes Epos feinen

Römern das zu geben, was das griechifche Volk aus fich felbft heraus in feinen homerifchen Gefängen erwachfen fah. So weit Virgil fein Vorbild Homer erreichen konnte, hat er es gethan; aber die Ilias und die Odyffee werden wie die Nibelungen unerreicht bleiben, weil fie unerreichbar find. Es wäre alfo ein falfcher Mafsftab, wollten wir jemals ein Kunftepos, das mühfame Werk eines Dichters, mit irgend einem Nationalepos vergleichen. Wir können darum niemals verfuchen, das Epos des Camoens etwa mit den homerifchen Dichtungen zufammenzuftellen, wir müffen es betrachten als das Werk eines für die Gröfse feines Vaterlandes begeifterten Poeten, und wenn wir es mit anderen Werken in Zufammenhang bringen wollen, fo kann es nur wieder mit ähnlichen Kunftepen fein, ein Vergleich, der für das Epos des Camoens in hohem Grade ehrenvoll ausfallen mufs.

Der Inhalt der Lufiaden behandelt, wie früher bemerkt wurde, die Entdeckung des Vasco da Gama; aber nicht den Namen diefes einen Mannes gab er feiner Dichtung; fein Patriotismus galt der gefammten Nation, den Lufiaden, von denen er (V, 86) fagt:

> Urtheile, König, nun, ob auf der Welt
> Es Völker giebt, die folche Wege wagten.

und (I, 10) in der Widmung an Sebaftian:

> Den Namen derer follft Du fehn erheben,
> Von denen Du der Herrfcher bift; Du follft
> Urtheilen, was erhabner ift, zu fein
> Der König diefer Welt, der diefes Volkes.

Nach der üblichen epifchen Einleitung und der Apoftrophe an den jugendlichen König, „den Schrecken der maurifchen Lanze" und nach einer allgemeinen äufserft poetifchen Würdigung der Grofsthaten feiner Nation, welche die alten Fabeln übertreffen, da fie alle wahr find, führt er uns in einer Strophe (19) die Flotte vor Augen, welche ruhig ihren Weg verfolgt. Unterdeffen haben fich die Götter im Olymp verfammelt, um Rath zu halten über das portugiefifche Volk. Jupiter nimmt fich deffelben an und Venus tritt ganz befonders ein, weil fie die alte römifche Tapferkeit und die alte Sprache in Portugal wieder zu finden glaubt. Ihr ftimmt auch Mars bei. Der unerbittliche Feind der portugiefifchen Flotte aber ift Bakchus, weil er glaubt, dafs durch die Ankunft diefes Volkes in Indien feine alten Thaten in den Hintergrund geftellt werden könnten. Nur durch fein Machtwort trennt Jupiter die in ihren Meinungen fehr getheilten Olympier. Unterdeffen hat Vasco da Gama in Mozambique gelandet. Vor ihnen ift Bakchus in der Geftalt eines alten Mohren auf die Infel gekommen und hat den Fürften des Landes gegen die Ankömmlinge aufgeredet. Diefer finnt auf Verrath, dem jedoch die Portugiefen durch kühne Vertheidigung entgehen. — Im zweiten Gefange würde es dem Könige von Mombaza beinahe gelungen fein, die Portugiefen zu vernichten. Venus gewahrt noch zur rechten Zeit die höchfte Noth; mit Hülfe aller Meeresnymphen rettet fie die vom Untergange bedrohte Flotte und eilt dann hinauf in den Olymp, um fich bitter bei ihrem Vater Jupiter zu befchweren über all das Unheil, das die tapferen Portugiefen ftets verfolge. Diefer tröftet fie mit einer Prophezeiung der künftigen Gröfse diefes Landes und fchickt den Merkur zu Vasco da Gama, um ihm im Schlafe den Weg nach Melinde zu befchreiben, den der Capitän dann einhält, und auf dem er glücklich hingelangt. Der König nimmt ihn freundlich auf und bittet ihn um eine Schilderung feines Landes. Dies giebt zur fchönften Epifode des ganzen Epos Veranlaffung, zur poetifchen Erzählung der Gefchichte Portugals. — Mit dem dritten Gefange beginnt Vasco da Gama dem gaftfreundlichen Könige von Melinde wie Odyffeus den Phäaken die Thaten feines Landes zu fchildern. Nach einer kurzen Befchreibung Europas beginnt er ausfchliefslich die Gefchichte Portugals von den älteften Zeiten an. Er führt die Regierung der berühmteften portugiefifchen Fürften aus, ihre glorreichen Eroberungen und kühnen Seefahrten. Die Krone diefes Gefanges ift ohne Zweifel die mit unbefchreiblicher Anmuth erzählte tragifche Gefchichte der unglückfeligen Inez de Caftro, welche 1344 fich heimlich mit dem Infanten Dom Pedro verheiratet hatte, worauf des letzteren Vater Alfons IV. fie tödten liefs. Diefe wenigen mit höchfter Poefie erzählten Strophen haben zu mancherlei dramatifchen (Cammerano 1839, Didot 1824, Ferreira 1598, Gomes 1813, Lamotte 1723, Skelton 1841, Graf Soden 1791, Thelo 1808) und novelliftifchen Bearbeitungen (Genlis) Veranlaffung gegeben; fie alle wiegen die wenigen Verfe des Meifters nicht auf. — Im vierten Gefange wird die Heldengefchichte Portugals weitergeführt; der kühne Nuno tritt auf. In Folge eines Traumes, in welchem der Indus und Ganges den König Manoel zur Eroberung Indiens auffordern, beruft diefer den Vasco da Gama zu dem kühnen Unternehmen, der fich auch willig der ehrenvollen Sendung unterzieht. Die Abfahrt, bei welcher ein Greis fich bitter ausläfst über die eitlen Beftrebungen der Menfchheit, ift wieder einer der Glanzpunkte des Gedichtes. — Der fünfte Gefang gilt der Fahrt der Flotte. Vasco erzählt dem Könige weiter die taufendfachen Mühfalen, denen er fich zu unterziehen hatte; er befchreibt die

Völker Afrikas und fügt einzelne Epifoden von der Kühnheit feiner Leute ein. Grofsartig ift die Schilderung des Adamaftor, der am Kap der guten Hoffnung ihm entgegentritt. Nachdem er fo dem König von Melinde mit der Darftellung der Gefchichte feines Landes und feiner wagnifsvollen Fahrt beftens unterhalten hat, verläfst er im fechften Gefange mit allem ausgerüftet Melinde. Da beginnt Bakchus feine alten Unternehmungen gegen ihn; er eilt hinab ins Meer zu Neptun, und ruft alle Meeresgötter zur Rache gegen das verwegene Volk auf. Es folgt eine herrliche Scene. Mattigkeit hat fich der tapferen Matrofen bemächtigt; Schlaf bedroht fie, eine eigenthümliche Stimmung, welche aufs trefflichfte das nahe Unheil ahnen läfst, lagert über der Flotte. Um fich aufrecht zu erhalten, beginnt Vellofo auf allgemeines Geheifs die Gefchichte der Zwölfe von England zu erzählen. Da bricht nach einiger Zeit plötzlich ein fürchterlicher Sturm los; alle Schiffe drohen zu verfinken; aber Venus rettet wieder in der äufserften Noth die Flotte, und fie gelangt endlich nach all den Mühfalen an's heifserfehnte Ziel. — Der fiebente Gefang erzählt die Landung in Calekut. Gama fchickt einen Boten an den Herrfcher des Landes, worauf alsbald in dem Mohren Monzaide fich ein Dollmetfcher und Führer findet. Monzaide, der fpäter die chriftliche Religion annimmt, ftammt von der iberifchen Halbinfel. Die Portugiefen werden gut aufgenommen und verfchiedene Fefte ihnen zu Ehren veranftaltet. Indeffen erregen die Eingebornen und vor allem die Opferfchauer in dem Fürften Verdacht und bewegen im achten Gefange ihren Herrfcher, Vasco da Gama zur Rechtfertigung holen zu laffen. In offener Rede giebt diefer fie zur Befriedigung und nach Ueberwindung mannigfaltiger Hinderniffe, welche ihnen die Treulofigkeit der Inder in den Weg legt, tritt die portugiefifche Flotte die Heimfahrt an. Die Miffion, welche König Manoel dem Vasco gegeben hatte, ift fomit beendigt, weshalb der neunte und zehnte Gefang eine im Detail zwar fehr fein ausgeführte, im grofsen Ganzen aber nicht mehr nöthige Zugabe zu dem ganzen Epos bildet, in welcher die Phantafie des Dichters freien Spielraum zu poetifchen Erfindungen hat und in der That auch mehr hierin leiftet, als vielleicht einem effektvollen Abfchluffe der Dichtung nützlich war. Venus läfst, um die Helden einigermafsen zu erquicken und ihnen die Heimfahrt zu erleichtern, auf ihr Zauberwort mitten im Ocean eine Feeninfel auftauchen, an welcher die Portugiefen landen. Nymphen empfangen fie, und die ganze Mannfchaft pflegt mehrere Tage hindurch der Liebe und gefelliger Freuden. Den zehnten Gefang hat Camoens zu einer poetifchen Weiffagung der glorreichen Gefchichte jener Tage benützt, welche hinter der Zeit des Königs Manoel lag, fo dafs hier (X, 10) ganz gefchickt an die Gefchichte Portugals wieder angeknüpft wird, deren Faden oben (V, 89) unterbrochen worden war. Die Göttin zeigt dem Vasco da Gama die ganze Zukunft des portugiefifchen Volkes und feiner Kämpfe in Indien. Die Heldenthaten des Pacheco, des lufitanifchen Achilles, des Menezes, des Mascarenhas, des Heitor da Silveira und vieler anderer, welche auf Indiens Boden bluteten, werden hier befungen und gefeiert. Endlich entläfst fie (143) die Göttin mit kurzen Worten, und fie treten die Fahrt nach dem theueren Vaterlande an, deren Schilderung nur eine Strophe (144) ausmacht. Von hier bricht der Dichter mit Unmuth ab. Seine Leier ift verftimmt, fein Sang heifer; er fieht fein undankbares, verfinkendes, verfunkenes Vaterland. Seit jener glühenden Apoſtrophe, die er vor Jahren an den jugendlichen König geſchrieben hatte, als er in ihm „den zarten, neuen, blühenden Aſt eines von Chriſtus geliebten Baumes, einen mächtigen König, deſſen hohes Reich die Sonne zuerſt beim Aufgehen ſchaut, am Mittag und zuletzt, wenn ſie hinabſinkt", erblickt, hatte Portugal trübere Tage erlebt. Dieſe Stimmung des Dichters am Schluſſe ſeiner Luſiaden iſt ein Gegenſtück zu der begeiſterten Einleitung. Es iſt keine Verherrlichung des Königs mehr, es iſt eine ernſte Mahnung, wenn er ihm (X, 146) zuruft:

> Deshalb, o König, der durch Gottes Rathſchlufs
> Auf ſeinem königlichen Throne ſteht,
> Sieh' (und ſchau andre Völker), dafs du nur
> Von herrlichen Vaſallen Herrſcher biſt!

und ihm dann die Pflichten eines Königs ernſt und ergreifend an's Herz legt, als wüfste er jetzt am Ende ſeines Gedichtes, dafs der im Anfange deſſelben ſo gefeierte Fürſt keiner Hoffnung entſpreche. Er betont im ganzen Schluſſe an jeder Stelle, dafs die Portugieſen ein vortreffliches Volk ſeién, die mit ihm in den Kampf ſelbſt gegen die Hölle ausziehen würden, aber es klingt wie ein Tadel, der alle Mifserfolge auf das Haupt des Monarchen zurückwälzt, wenn er ihm, wie einem Fürſten, der das Gegentheil thut, aufs eindringlichſte zuruft, allen Gerechtigkeit widerfahren zu laſſen, läſtige, drückende Geſetze aufzuheben, den Clerus in Schranken zu halten; denn ſeine Pflicht, ſei, zu beten für den König, zu faſten, und nicht Geld und Ruhm zu ſuchen; wenn er ihm räth, den Adel hochzuhalten und nur den Rath erfahrener Männer zu erholen. Mit ſo ernſter Mahnung an jenen Fürſten, der durch ſeine mönchiſche Erziehung und Umgebung ſeines

Landes Sturz geworden, endet der zehnte und letzte Gefang des Epos.

Das von Faria in Madrid aufgefundene Manufkript der Lufiaden hat um 68 Strophen mehr. Diefelben find aber, obgleich einzelne geradezu herrlich find, vielleicht aus ökonomifchen Gründen, wohl fchon vom Dichter felbft unterdrückt worden, wie die zwei und zwanzig des zehnten Gefanges, der ohnehin fchon 156 Strophen zählt.

Die hohe Anerkennung, welche das Gedicht des Camoens jederzeit gefunden hat, ift durch einzelne Einwendungen gegen daffelbe wohl nie gemindert worden. Voltaire, in dem fchon genannten Auffatze, der allerdings mehr Unrichtigkeiten als treffende Urtheile enthält, fagt: „Der Stoff der Lufiaden, von einem fo lebhaften Geifte, wie Camoens behandelt, konnte nur eine neue Art von Epos hervorrufen. Der Hintergrund feines Gedichtes ift weder ein Krieg noch ein Streit von Helden, noch die Welt in Waffen um ein Weib; es ift ein neues mit Hülfe der Schifffahrt entdecktes Land." Hieran ift etwas Richtiges und viel Falfches. Der Stoff ift neu, anders als alle bis hieher bearbeiteten Epen, aber es ift nicht, wie Voltaire meint, der Sang von einem neuentdeckten Lande. Voltaire verfteht eben fchon den Titel nicht; es ift der Sang von einer Nation, von den Lufiaden. Treffender als irgend ein Epiker fagt uns Camoens in den erften Strophen die Aufgabe und den Zweck feiner Dichtung. Er preift den Muth der portugiefifchen Helden, mit welchem fie: 1. **ihren Weg durch Meere nahmen, die bis dahin nie befahren waren** (I, 1. 1—6), 2. **die politifchen Folgen ihrer kühnen Fahrt, indem fie neue Königreiche in der Ferne gründeten** (I, 1. 7. 8), 3. **ihre Verdienfte um den chriftlichen Glauben, indem fie**

die Länder der Heiden verwüsteten und das Christenthum
verbreiteten. (I, 2. 1—4; VII, 15. 7; VII, 17; VII, 25, 8.)
Das ist der Rahmen seiner Dichtung; keine Portugade,
sondern ein hohes Lied der Portugiesen zu schreiben, ist
seine Absicht. Und darum verwirft er all die Märchen,
mit denen andere Epiker ihre Handlung ausgeschmückt
haben, darum hat er keine Zauberinnen, keine Riesen,
keine Fahrt seines Helden in die Unterwelt, keine Drachen
und böse Geister. Er bleibt der Wahrheit getreu. Die
zahlreichen Mifsgeschicke, die Mühen und Plagen, welche
seine Helden erdulden, find ihm mehr als andere fabel-
hafte Ausschmückungen und er rühmt fich deffen, fie ver-
mieden zu haben, wenn er (I, 11) fagt:

> Ihr werdet nicht mit eitlen Heldenthaten,
> Phantastischen, gedichteten, voll Lügen
> Die Euren loben fehn, wie fremde Mufen
> Aus Luft fich grofs zu machen thun; die wahren
> Der Euren find fo grofs, dafs fie geträumte
> Und fabelhafte überfchreiten, dafs
> Sie Rhodamont, den eitlen Ruggiero
> Und Roland, wär' er wahr, noch überfchreiten.

Hier hat doch der Dichter fich des Rechtes Fabeln,
wie andere zu erfinnen, begeben; die Wahrheit will er
fchreiben, reine Wahrheit, und fie fcheint ihm fo gewaltig,
fo genügend, dafs er allen poetifchen Tand entbehren zu
können glaubt; denn er fährt fort:

> Für diefe geb' ich euch den wilden Nuno,
> Der Reich und König folchen Dienft gethan;
> Egas und Dom Fuas, für die allein
> Ich des Homeros Leier wünfchen möchte.
> Für die zwölf Paire will ich euch die zwölf
> Von England und Magrizo geben; und
> Ich geb' euch den erlauchten Gama auch,
> Der des Aeneas Ruhm für fich beanfprucht.

Diefen Ideen blieb der Dichter in feinem ganzen Epos treu. Wer auftritt, ift eine gefchichtliche Perfon in möglichfter Wahrheit und nicht felten verbindet Camoens mit ihrem Eingreifen in die Gefchichte in wenig Worten eine Kritik, die ihm zwar oft verderblich wurde, fie aber auch für alle Zeit brandmarkt. Man kann von ihm fagen, was La Harpe über Tacitus fchreibt: „Er malt all das, was er gefehen und erlitten hat, fo, dafs man es fieht und mit ihm leidet. Die Tyrannen fcheinen uns geftraft, wenn er fie malt. Er ftellt die Nachwelt und die Rache dar."

Ein anderer Punkt, deffen auch Voltaire gedenkt, ift die allerdings höchft eigenthümliche Anwendung der Götter der Antike. Venus ift hier genau genommen die Verbreiterin der chriftlichen Religion; Bakchus betet vor einem chriftlichen Altare, auf dem er den heiligen Geift als Taube angebracht hatte, und fo kam es, dafs, wie Camoens felbft (II, 12) etwas naiv bemerkt, „der falfche Gott den wahren anbetet". Weiter noch geht es mit dem Schluffe, wo Venus ihre Göttlichkeit, in der fie zehn Gefänge lang auftrat, geradezu ablegt, wenn fie nach dem Himmel weifend fagt (X, 82):

> Hier find allein die wahren, ruhmesvollen
> Gottheiten: denn Saturn und ich und Janus
> Und Jupiter und Juno find nur Fabeln
> Von fterblich blindem Trug erfonnen; nur
> Für fchöne Verfe dienen wir, und kann
> Der Menfchenfinn uns mehr verleihn, fo ift's
> Nur dafs in diefe Sterne euer Geift
> Einft unfre Namen hat gefetzt.

Mag auch hinter diefer endgültigen Erklärung der Einflufs oder die Furcht vor der heiligen Inquifition zu fuchen fein, zu rechtfertigen ift fie immerhin nicht; denn entweder mufsten diefe Götter nicht im vollen Bewufstfein ihrer Macht beim Eingange des Epos einen grofsen Rath über Portugals Zukunft und das Schickfal der Flotte halten, es mufste alles nicht als That der Venus hingeftellt werden, wenn diefe am Schlufs fich als „fterblich blinden Trug" erklärt, oder es mufste ihre Würde als Göttin, als welche fie ja zehn Gefänge lang auftritt, erft am Ende doppelt gewahrt werden. Die Entfchuldigung, die für eine ähnliche Freiheit Schiller feiner Braut von Meffina vorausfchickt und felbft hier fchon als eine „fchwerer zu rechtfertigende" erklärt, kann hier nach dem Ganzen gar nicht zu Gunften des Dichters angeführt werden. Die Götter des Alterthums, welche hier erft als die einzig handelnden höheren, allmächtigen Wefen auftreten, welche die Gefchicke der Menfchheit in Händen tragen, konnten am Schluffe nicht bei Seite gefchoben werden; denn dafs die Flotte durch Venus allein den Stürmen des Meeres entkam und nur durch fie glücklich in Indien landete, ift ja eine feftftehende im Gedichte aufrecht erhaltene Thatfache. Eine Allegorie ift hier nicht zuläffig; und fo wird fich bei aller Pietät, die wir dem gewaltigen Werke entgegenbringen, diefer grofse Fehler nicht ableugnen laffen, um fo mehr bei einem Dichter, deffen wahrheitsgetreue Darftellungen, deffen poetifche Realität gerade einen der erften Vorzüge feiner Dichtung ausmachen.

Man rühmt L. Ariofto's Seefturm im XVIII. Gefange (Nr. 141—146) feines „Rafenden Roland" als ein unerreichtes Mufter poetifcher Darftellung; dem mag fo fein; allein diefe Stelle hält keinen Vergleich aus mit jeder beliebigen in des Camoens Dichtung, welche denfelben Gegenftand zum Vorwurfe hat. Nur wer all das gefehen und erlebt hat, wer gekämpft hat mit Sturm und

Wellen, der kann wie unſer Dichter ſchildern. Mit welcher Treue erzählt er (V, 81) die Krankheit, welche die Matroſen des Vasco da Gama befiel? Und bei alle dem bleibt er poetiſch, bleibt er über dem Gewöhnlichen!

Selten und von eigener Art, wie des Camoens Leben ſind ſeine Dichtungen. Man muſs ſie verſtehen, man muſs ſie fühlen, in ſich aufnehmen; man muſs mit ihm gehen durch Afrikas Wüſten, durch Aſiens ferne Länder, man muſs ſein Herz begreifen lernen, ſein mit ſich und der Welt zerfallenes Inneres. Jetzt hat man ihn gewürdigt, allerdings zu ſpät. Ihm hat keine Liebe gelacht, keine Ehre, und was er in einem Sonette an ſeine Geliebte klagt, das konnte der ganzen Mitwelt gelten:

> Wenn Thränen, die der Wahrheit Quell entflieſsen,
> Des Marmors Härte ſtark ſind zu erweichen,
> Glückt's meinen nicht, ein Herz zur Huld zu neigen,
> Meinen, die reiner Liebe doch entſprieſsen? —
>
> Lieſs ich ja doch um Euch in Feſſeln ſchlieſsen
> Mich ſelbſt — mein Leben war nicht mehr mein eigen!
> O laſst von Euch der Strenge Schranken weichen,
> Die Grauſamkeit laſst, die ihr mir bewieſen!
>
> Denn ſonſt will ich mein Lied für mich behalten,
> Kein's dicht' ich mehr, das Eure Härte klagt,
> Kein's ſoll Euch je den Namen grauſam geben.
>
> Laſst Milde denn in Eurem Herzen walten,
> Nicht meinetwegen, nein um Euch: es wagt
> Ihr mehr: den Ruhm — und ich ja nur das Leben.
>
> (I. Manefeld.)

Ja! ſeine Thränen ſind umſonſt gefloſſen, ſeine Seufzer umſonſt aus einem Herzen gedrungen, das lebte und wirkte für ſeines Landes Gröſse, das ſtarb mit ihr. Was er ſeiner Catharina zurief, er wolle nicht mehr dichten und ihr

Ruhm würde fterben, das galt feinem undankbaren Vaterlande ebenfo, wie ihr. Grofs als Menfch und Charakter, erhaben als Dichter, edel als Bürger hat Camoens fich ein Denkmal erbaut „Erz überdauernd und den königlichen Bau der Pyramiden überragend".

Für die Litteratur der Welt ift er eine feltene, gewaltige Erfcheinung; für Portugal ift er mehr. Die Gröfse des Dichters tritt zurück vor der Hingabe des Patrioten; und hat auch er allein Portugals Mufe zu einer weltbekannten gemacht — gröfser in den Augen feiner Landsleute mufs ihn jene Liebe zu feinem Lande machen, die kein Undank vernichtete, gröfser das Selbftgefühl, mit dem fie ihn nicht nur ihren Dichterfürften, fondern das Bild portugiefifcher Treue und Vaterlandsliebe nennen. —

Anmerkungen.

1) Luſiaden III, 20.
2) Vgl. H. Schaefer, Geſchichte von Portugal, III. Bd. p. 152—328. — Külb, Geſchichte der Entdeckungsreiſen, I. Bd. Afrika 1841. p. 161.
3) H. Schaefer, II. Bd. p. 516.
4) Studien zur Geſchichte der ſpaniſchen und portugieſiſchen Nationallitteratur, Berlin 1859. S. 697.
5) Sismondi, De la littérature du midi de l'Europe. Paris 1813. V. Bd. p. 262.
6) Vgl. José Maria da Costa e Silva, der in ſeinem „Ensaio biographico" (Liſſabon 1850) I p. 29 von der Sprache ſagt, „daſs ſie, nur einem kleinen Reiche eigen, denen, die in ihr ſchreiben, keinen groſsen Ruhm gewährt, weil ſie ein nur von wenigen geſprochenes und wenig von Ausländern gekanntes Idiom iſt". Und der anonyme Verfaſſer des komiſchen Epos „das Reich der Dummheit" ſagt im Prologe: „Gehe hin, Gedicht! Ich ſage nicht, um durch die Welt zu ziehen, denn ich weiſs, daſs du portugieſiſch geſchrieben biſt." —
7) Das Leben des Camoens hat verſchiedene mehr oder minder kritiſche Bearbeitungen erfahren. Auſser den meiſt den Werken des Dichters vorausgeſandten Biographien ſind Manoel de Lyra, Manoel Correia, Franco Barreto, Pedro de Mariz, Manoel Severim, Garcez Ferreira, John Adamſon (1820), Ferd. Denis, Pautet (1861), Ribeiro de Tusconcellos (1854), Magnin, Nabuco, Leoni, Oliveira Martins, Juromenha die bedeutendſten. Das bis jetzt abſchlieſsende Werk iſt die Geſchichte des Camoens meines verehrten Freundes Theophilo Braga (Hiſtoria de Camões, Porto 1873), dem ich die hiſtoriſch-kritiſchen Angaben entnehme.

8) Lusiaden III, 120 ff.
9) Lusiaden VI, 40 ff.
10) Lusiaden I, 6 ff.
11) 426 $^2/_3$ Mark D. R. W.

12) Ueber die Geschichte und Kritik der ersten Ausgaben des Epos siehe: Os Lusiadas de Luiz de Camões. Unter Vergleichung der besten Texte, mit Angabe der bedeutendsten Varianten und einer kritischen Einleitung herausgegeben von Dr. Carl von Reinhardstoettner. Strafsburg (Trübner) 1875.

13) 66 $^2/_3$ Mark D. R. W.
14) 26 $^2/_3$ Mark D. R. W.
15) Obras completas de Luiz de Camões. 3 voll. Porto (Imprensa Portugueza) 1874.